AF305940

AVANT-PROPOS

BIBLIOTHÈQUE NATIONALE R F

Le service militaire est un impôt personnel et obligatoire.

Il doit être très bien fait.

Pour accomplir exactement et scrupuleusement ce que demandent les règlements et la loi, il importe de savoir faire abstraction de toutes les difficultés que le service militaire peut parfois créer pour les individualités.

C'est un impôt qui ne peut pas se remplacer par un autre, ce n'est pas avec de l'argent que l'on défend son foyer, ce n'est point à prix d'or que l'on pourrait imposer dans le monde l'autorité de la France et le respect de son nom ; ce qu'il faut, c'est de la force et du courage, c'est-à-dire des hommes et des cœurs !

Quand ces facteurs manquent dans un pays, c'est la décadence, c'est la ruine à brève échéance !

Aussi est-ce une obligation pour chacun de connaître ses devoirs de soldat pendant les vingt-huit années de service que le pays demande à tous.

En interrogeant des militaires dans leurs foyers, **on en rencontre beaucoup qui ne savent pas ce qu'ils ont à faire, ni le détail minutieux de leurs obligations au jour de la mobilisation.** Ils ont oublié ce qu'on leur a appris au régiment, quelques-uns même

8 V. 15855

n'ont pas lu les prescriptions de leur fascicule. *C'est là une situation qui deviendrait déplorable et dangereuse si l'insouciance à ce sujet persistait plus longtemps, quand même ce ne serait que chez quelques-uns* ([1]).

Tous doivent savoir, tous sont également nécessaires à l'heure de la mobilisation.

Le Français ne demande qu'à bien faire ; c'est pour utiliser cette bonne volonté, pour rappeler ce qui a été oublié avec le temps et pour faciliter à chacun la connaissance et l'accomplissement de ses devoirs, que ce livre a été écrit.

Il est du même format que le livret individuel, afin que chaque homme, en l'emportant dans ses foyers, puisse le placer avec son livret dont il ne doit plus se séparer.

([1]) Voir les remarques fournies par l'expérience (page 32).

LE LIVRE DU SOLDAT

DANS SES FOYERS

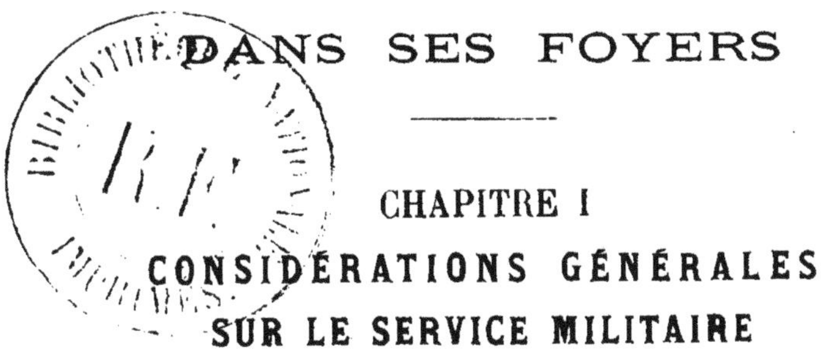

CHAPITRE I

CONSIDÉRATIONS GÉNÉRALES
SUR LE SERVICE MILITAIRE

La France convoque chaque année, en octobre, sous les drapeaux, dans l'armée active, les jeunes gens formant le contingent de la nouvelle classe, composée des jeunes gens qui ont vingt ans dans l'année, et, chaque année, elle libère du service ceux qui ont satisfait aux obligations militaires du service actif fixé par la loi, elle les renvoie dans leurs foyers.

Le soldat libéré a pour lui la satisfaction d'avoir accompli son principal devoir de citoyen et de patriote ; il saura désormais se servir de ses armes pour protéger son foyer et sa Patrie le jour où l'étranger voudrait violer le sol de cette Patrie, ou si on voulait ne pas reconnaître ses lois, sa loyauté et son honneur.

Pendant sa présence sous les drapeaux, le jeune homme, par les exercices physiques, a augmenté ses forces corporelles, il est devenu plus leste et plus adroit, tout en acquérant une plus grande résistance à la fatigue. Il y a contracté des habitudes de travail, d'ordre et de méthode qui lui seront précieuses dans le cours de la vie.

Pendant son service actif, il a vécu coude à coude avec des camarades de toutes les situations sociales, depuis le rang le plus élevé jusqu'au rang le plus modeste et le plus simple. Tous ensemble ont passé gaiement les bons jours et les moments les plus difficiles, on s'est soutenu l'un l'autre, on a travaillé pour le même but. Le même frisson a traversé tous les cœurs, en rendant les honneurs à l'emblème sacré de la Patrie, à l'instant de la sonnerie *Au drapeau !*

Le régiment a donc été l'École du travail, de la camaraderie et de l'égalité, comme il a été aussi l'école de la discipline.

En effet, au régiment, le jeune homme a appris à se soumettre volontairement à la discipline, car il a reconnu que cette discipline est obligatoire dans une véritable armée, qu'elle est une nécessité absolue.

Ce point acquis est d'une importance capitale, car la discipline est nécessaire dans toutes les situations de la vie sociale ; il en faut dans la famille ; il en faut dans toutes les administrations ; il en faut à l'usine ; il en faut à tout prix chez tous les travailleurs.

Le sentiment de l'honneur s'est augmenté chez lui, aussi ne saura-t-il jamais transiger avec sa conscience lorsqu'il s'agira du devoir !

En quittant le service actif, le soldat libéré part respectueux de l'autorité, car il a compris la responsabilité et les devoirs des chefs militaires qui se dévouent pour faire de tous les Français des soldats dignes de ce nom. Ce respect de l'autorité restera gravé dans l'esprit de l'ancien soldat, qui continuera à l'accorder bien volontiers *dans la vie civile* à tous ceux qui détiennent le pouvoir et qui en ont la responsabilité.

Le libéré est donc non seulement un soldat fait, mais encore il est préparé pour devenir un citoyen calme, honnête, travailleur, ayant le respect de l'organisation sociale et des institutions de la République.

L'armée qu'il quitte est l'école du désintéressement, elle est faite pour la Patrie.

En rentrant *dans la vie civile*, le soldat libéré va reprendre avec une entière confiance et avec ardeur sa profession, il va devenir un travailleur actif et un honnête chef de famille, il sait que l'armée est forte, solide, bien instruite, qu'elle a pour base la droiture et la loyauté. Il est certain que cette armée saura toujours faire respecter, chez tous les peuples, le nom et les droits de la France. Le pays entier peut donc en sécurité et avec calme travailler pour son bien-être, pour sa prospérité et pour sa grandeur.

Tels sont les résultats moraux et sociaux acquis pendant le service actif. Il importe que le soldat les médite et qu'il en ait le sentiment intime bien gravé dans son cœur.

La vie militaire se termine-t-elle avec la libération du service actif?

Non, il n'y a aucun doute à ce sujet.

Lorsqu'on quitte le service actif, l'apprentissage est fait, il est achevé : on sait se servir de ses armes, on sait tirer, on sait combattre, on sait marcher, on est discipliné, on a l'âme bien trempée, on est prêt à tous les sacrifices pour la France ; on est passé maître, on est soldat.

Ce n'est pas seulement pour le jour présent qu'on est soldat, mais c'est pour l'avenir, jusqu'à la limite des vingt-huit années que la loi (¹) exige de tous les Français.

L'organisation de l'armée place chacun des libérés dans des régiments ou dans des services divers, dont tous viendront gaiement grossir les rangs au jour du danger. Ce flot qui arrivera ne sera pas une masse d'hommes lourde, ignorante et encombrante ; ce ne sera point une agglomération d'apprentis ; ce flot ne comprendra que des *citoyens-soldats*, connaissant bien leur métier et décidés à accomplir, avec courage et avec audace, le grand rôle qui leur incombera au jour de la guerre.

Le libéré dans ses foyers n'a donc pas le droit de se désintéresser de l'armée ni de sa situation militaire.

Il est essentiel qu'il connaisse bien ses devoirs et ses obligations, pour accomplir totalement et complètement son rôle, soit lors des convocations en temps de paix, soit au moment de la mobilisation, soit encore dans de nombreuses circonstances de sa vie particulière, telles que voyages, changements de localité, maladies, etc.

(¹) Loi du 7 août 1913.

C'est là ce que les chapitres de cette brochure enseignent au soldat libéré. En les étudiant bien d'abord et en les consultant fréquemment ensuite, il saura ce qu'il a à faire dans les diverses circonstances qui se présenteront, alors qu'il sera obligé d'agir de lui-même, n'ayant personne auprès de lui pour le guider.

L'étude des devoirs du soldat dans ses foyers est la continuation de son instruction militaire qui ne serait pas complète sans elle. L'homme qui sait s'astreindre à connaître bien et toujours sa situation militaire ainsi que ses devoirs dans ses foyers accomplit par ce seul fait un acte de patriotisme.

En effet, il ne faut pas seulement que ce grand nombre de réservistes et de territoriaux, qui sont destinés à doubler nos régiments ou à en former d'autres, arrivent, mais il faut encore qu'ils arrivent *au point voulu*, avec ordre, avec calme, *à l'heure désignée*, en se conformant aux prescriptions du **fascicule de mobilisation**.

C'est là la clef et le secret de la réussite de la mobilisation. Ces prescriptions ne se devinent pas, elles sont en général différentes pour chaque homme.

Si ces prescriptions n'étaient pas observées, la formation des régiments et des armées serait compromise et les plans minutieux et précis élaborés avec un si grand soin ne se réaliseraient plus. N'est-ce donc pas du patriotisme que de savoir toujours ce qu'on a à faire, et de se préparer à le faire bien en y songeant souvent ?

En attirant l'attention de tous les militaires dans leurs foyers sur ces points importants, cette petite brochure fera œuvre utile.

L'auteur espère qu'on écoutera partout son appel, il a une foi sincère et profonde en l'avenir, car il est persuadé que signaler un devoir important et capital aux réservistes ou territoriaux français dont l'esprit est excellent et dont le cœur s'enthousiasme toujours quand il s'agit de la Patrie, c'est assurément en obtenir l'accomplissement parfait.

CHAPITRE II

DÉPART DE L'ARMÉE ACTIVE
PASSAGE DANS LA RÉSERVE — AFFECTATION

Effets d'habillement. — *Avec quels effets les militaires libérés quittent-ils leur corps d'activité?*

Tous les gradés, en quittant le service actif, partent avec leurs effets militaires, et ils sont tenus de les représenter en venant accomplir leurs périodes d'exercices.

Les militaires non gradés sont renvoyés dans leurs foyers sans effets militaires. Aussi doivent-ils, quelque temps avant la libération, se procurer des effets civils, soit en les achetant sur place, soit en les faisant revenir de leurs familles (¹).

Ceux qui, pour différentes raisons, n'ont pas pu se procurer ces effets avant la libération partent en effets militaires, mais ils reçoivent gratuitement une feuille de colis postal pour leur permettre de renvoyer ces effets, sans aucuns frais, dès leur rentrée chez eux. La feuille du colis postal doit être d'un prix proportionné au poids des effets.

Si ces effets n'étaient pas renvoyés, le militaire serait susceptible de poursuites en vertu du Code de justice militaire.

Il faut conserver soigneusement le récépissé du colis postal remis par le chemin de fer au moment du renvoi des effets.

Remise du livret individuel. — *Comment et quand remet-on le livret individuel au soldat libéré?*

Le livret individuel accompagné du fascicule est remis au militaire libéré par son commandant de compagnie, de bat-

---

(¹) Les militaires qui se retirent soit dans les colonies françaises, soit à l'étranger, soit dans une localité d'Algérie ou de Tunisie, non desservie directement par un chemin de fer, conservent leurs effets militaires, s'ils n'ont pu partir en effets civils.

terie ou d'escadron, au moment de la libération ; le procès-verbal de remise est signé, séance tenante, par cet officier et par le titulaire du livret.

On remet en même temps le certificat de bonne conduite, qui doit être conservé avec soin, *car il n'en est pas fourni de duplicata.* Toutefois, les hommes libérés du service actif qui ont perdu leur certificat de bonne conduite peuvent recevoir du **commandant de recrutement** une **attestation** qu'ils ont obtenu ledit certificat.

Si, pour un motif quelconque, un livret individuel, un fascicule ou un certificat de bonne conduite n'avaient pu être remis avant le départ du corps, ces pièces parviendraient au domicile de l'intéressé par l'intermédiaire de la gendarmerie, à qui il remettrait un récépissé.

Feuille de déplacement. — *Le militaire libéré a-t-il une feuille de déplacement pour voyager ?*

Oui, il se trouve, à la fin du livret individuel, un bon pour servir de feuille de déplacement pour le retour dans les foyers.

Le militaire reçoit, avant son départ, une indemnité pour son retour. Il paie quart de place sur les chemins de fer, sur la présentation du bon servant de feuille de déplacement.

Lieu où le militaire doit se retirer. — *Où le militaire libéré doit-il se retirer ?*

Le soldat doit en principe se retirer dans sa subdivision d'origine, c'est-à-dire dans celle dont dépend le canton où il a passé le conseil de revision ; il reçoit toujours comme réserviste une affectation se rapportant à cette subdivision.

Si cependant la situation du soldat libéré l'appelle dans une autre localité, peut-il s'y rendre en quittant le service?

Oui, si, pour des raisons particulières, le militaire veut se retirer dans une autre subdivision, il peut le faire, mais il y est alors considéré comme en résidence et ne peut obtenir un changement de domicile qu'après un délai de six mois.

Ce militaire doit donc, à sa sortie du régiment et dès son arrivée dans la localité qu'il a choisie pour résider, faire à la gendarmerie locale une déclaration de changement de résidence. C'est une obligation.

Affectation des hommes libérés. — *Comment sont affectés les militaires du jour où ils quittent l'activité ?*

Tous les militaires libérés sont, du jour où ils quittent le service actif, affectés comme réservistes à un corps ou à un service spécial stationné dans la région où se trouve le domicile du réserviste ; cette affectation est inscrite sur le *fascicule de mobilisation.*

La loi du 7 août 1913 prescrit que le recrutement sera organisé de telle façon que les réservistes soient le plus près possible du centre des unités actives où ils auront fait leur service et qu'ils devront rejoindre au moment de la mobilisation.

En principe, on est affecté à la même arme, à la même subdivision d'arme autant que possible ou au même corps que celui de l'activité, c'est-à-dire les fantassins à l'infanterie, les chasseurs à pied aux bataillons de chasseurs, les artilleurs aux régiments d'artillerie, les artilleurs à pied à l'artillerie à pied, les hommes des diverses sections aux mêmes sections. les hussards et les chasseurs à la cavalerie légère, les dragons aux dragons et les cuirassiers aux cuirassiers, les soldats du train au train.

S'écarte-t-on parfois des règles ci-dessus ?

On ne s'écarte de ces règles que s'il y a excédent momentané dans un corps, insuffisance dans d'autres corps d'armée, ou encore par suite du manque de corps de la même arme dans la région.

Les cavaliers en surnombre ou notés comme ayant moins d'aptitude sont affectés soit au train, soit à l'artillerie montée, soit au génie ou à l'infanterie comme conducteurs.

Quelle est l'affectation donnée aux troupes coloniales et aux hommes de la flotte?

Les hommes provenant de l'armée coloniale et des équipages de la flotte sont affectés aux mêmes armes ; sauf ceux retirés dans les 6e, 7e et 20e régions, y compris la portion du Rhône rattachée au 7e corps et ceux en Algérie, en Tunisie ou en Corse, qui sont affectés à l'armée de terre.

CHAPITRE III

DÉSIGNATION DES CLASSES
SITUATIONS MILITAIRES DANS LES RÉSERVES

1° DÉSIGNATION DES CLASSES

Qu'est-ce que la classe de recrutement?

La classe de recrutement dépend de l'année de la naissance. Ainsi un homme qui est né en 1891 est de la classe de recrutement de 1911.

Le millésime de la classe de recrutement d'un homme est celui de l'année au cours de laquelle il a eu vingt ans accomplis.

Qu'est-ce que la classe de mobilisation?

La classe de mobilisation dépend de la date d'entrée au service, c'est la classe avec laquelle le militaire marche d'après ses services accomplis. Ainsi le soldat entré au service en 1911 est de la classe de mobilisation de 1911.

2° SITUATIONS DANS LES RÉSERVES

Quelles sont les diverses situations militaires des hommes dans les réserves?

1° Les hommes qui ont accompli leur temps de service

dans l'armée active (trois ans) passent dans la **réserve de l'armée active,** dans laquelle ils restent onze ans.

Observation importante. — Dans le cas où les circonstances paraîtraient l'exiger, le ministre de la guerre et celui de la marine sont autorisés à conserver provisoirement sous les drapeaux la classe qui a terminé sa dernière année de service actif (les Chambres en sont informées).

Dans les mêmes circonstances et pendant leur première année de service dans la réserve, les hommes peuvent être rappelés sous les drapeaux par ordres individuels avec l'assentiment du conseil des ministres.

2° Les hommes qui ont terminé leurs onze années dans la réserve de l'armée active passent dans l'**armée territoriale,** dans laquelle ils restent sept ans.

3° Ils passent ensuite dans la **réserve de l'armée territoriale,** dans laquelle ils restent sept ans.

Ils sont ensuite complètement libérés du service militaire, qui a duré vingt-huit années.

A quelle date se font les différents passages ci-dessus ?

Les passages se font le 1er octobre pour les appelés. Les engagés volontaires passent dans la réserve de l'armée active à l'expiration de leur service actif ; ensuite ils suivent le sort de la classe incorporée l'année de leur engagement et passent dans l'armée territoriale et la réserve AT le 1er octobre.

Quel avantage fait-on aux pères de famille ?

Les réservistes qui sont pères de quatre enfants vivants passent de droit et définitivement dans l'armée territoriale. Ils ne sont plus astreints qu'aux périodes de leur nouvelle classe de mobilisation.

Les pères de six enfants vivants passent de droit dans la réserve de l'armée territoriale.

Le militaire qui se trouve dans un de ces deux cas fait une demande qu'il remet à la gendarmerie, en y joignant : 1° les actes de naissance des enfants ; 2° un certificat de vie des enfants (le tout sur papier libre). Toutefois, ces hommes passés prématurément dans l'armée territoriale ou dans la réserve de l'armée territoriale sont maintenus dans l'armée jusqu'à l'expiration des vingt-huit années exigées par la loi.

Que deviennent les hommes du service auxiliaire?

Dans les réserves, les hommes restent classés, comme ils l'étaient dans l'armée active, pour le service auxiliaire, s'ils en faisaient partie.

Obligations militaires générales. — *Dans quelles circonstances, pendant les vingt-cinq années qu'il passe dans les réserves, un militaire dans ses foyers est-il tenu de rejoindre son corps ?*

Le militaire dans ses foyers est tenu de rejoindre son corps :
1° En cas de mobilisation ;
2° En cas de rappel de sa classe ordonné par décret ;
3° Au reçu d'une convocation pour des manœuvres ou exercices.

Quelles sont les conditions générales dans lesquelles peuvent se faire les rappels ?

Le rappel de la réserve de l'armée active peut être fait d'une manière distincte et indépendante pour les troupes métropolitaines, pour les troupes coloniales ou pour l'armée de mer. Il peut être fait pour un, plusieurs ou tous les corps d'armée, pour un ou plusieurs cantons, et, s'il y a lieu, distinctement par arme ou par subdivision d'arme. Il a lieu par classe, en commençant par la moins ancienne.

En cas d'agression ou de menace d'agression caractérisée par le rassemblement de forces étrangères en armes, le rappel à l'activité peut être ordonné, par arme ou par subdivision d'arme, pour une, plusieurs ou totalité des classes dans une zone déterminée autour des places fortes et des ouvrages fortifiés et sur le territoire des îles.

Les mêmes dispositions sont applicables à l'armée territoriale et à la réserve de l'armée territoriale. Toutefois, afin de limiter les rappels des hommes appartenant à la réserve de l'armée territoriale au nombre nécessité par certains besoins spéciaux, temporaires ou locaux, ces rappels pourront toujours s'effectuer par fraction de classe et sans commencer obligatoirement par la classe la moins ancienne.

Peut-on présenter des motifs pour se soustraire au service au moment de la mobilisation ?

Non. En cas de mobilisation, nul ne peut se prévaloir de la fonction ou de l'emploi qu'il occupe pour se soustraire aux obligations de la classe à laquelle il appartient.

Cependant, les titulaires des fonctions ou emplois de services publics, désignés aux tableaux A, B et C de la loi du 21 mars 1905, sont autorisés à ne pas rejoindre immédiatement en cas de convocation par voie d'affiches et de publication sur la voie publique, à condition qu'ils occupent ces fonctions ou emplois depuis six mois au moins et qu'ils aient été signalés par un état spécial.

Le **tableau A** comprend le personnel de l'administration centrale des départements de la guerre et de la marine, les médecins et pharmaciens dépendant des différents services du ministère de l'intérieur, le personnel des ponts et chaussées et de la navigation dépendant du ministère des travaux publics, le personnel des douanes, des forêts, des postes et télégraphes et des chemins de fer, des établissements dépendant du ministère des colonies.

Le **tableau B** désigne les fonctionnaires et agents qui, en cas de mobilisation, sont également autorisés à ne pas rejoindre immédiatement, **mais seulement quand ils ne comptent plus dans la réserve de l'armée active.** Ce sont notamment les directeurs et chefs de service des différents ministères, des administrations publiques (contributions directes et indirectes, enregistrement, domaines et timbre, douanes, manufactures de l'État, monnaies et médailles, Caisse des dépôts et consignations), de la Banque de France, de la banque d'Algérie, certains fonctionnaires ou agents des administrations départementale ou communale, des banques coloniales, des services pénitentiaires, établissements nationaux de bienfaisance, de la sûreté publique, des services spéciaux de la Ville de Paris ressortissant à la Préfecture de police, etc., etc.

Enfin, le **tableau C** donne l'énumération des fonctionnaires et agents qui, en cas de mobilisation, sont autorisés à ne pas rejoindre immédiatement, *quand bien même ils appartiendraient encore à la réserve de l'armée active.*

En dehors des cas prévus dans les trois tableaux A, B, C, peuvent être autorisés, à titre exceptionnel, à ne rejoindre leur corps d'affectation que dans un délai déterminé par le ministre de la guerre, les hommes des différentes catégories de réserves employés en temps de paix à certains services ou dans des établissements, usines, exploitations houillères, fabriques, etc., dont le bon fonctionnement est indispensable aux besoins de l'armée.

La situation de tous les militaires compris dans les catégories ci-dessus est réglée d'avance par l'autorité militaire, de concert avec les chefs de services des différentes administrations.

Les intéressés sont toujours prévenus du rôle qui devient le leur en cas de mobilisation.

CAS DIVERS

Militaire de l'armée active en congé de réforme temporaire. — *Quelle est la situation du militaire réformé temporairement ?*

Le congé de réforme temporaire est d'un an ; pendant sa durée, le soldat est tenu, comme le réserviste, à l'obligation des déclarations de changements de domicile, de résidence et de voyages, avec le visa de la gendarmerie sur son livret (Voir pages 35 et suivantes). Pendant ce congé, il peut se marier sans l'autorisation de l'autorité militaire.

Quarante jours avant la fin de son congé, il est convoqué obligatoirement pour être examiné par une commission spéciale qui statue sur sa situation : ou bien elle le réforme, ou bien elle le déclare bon pour le service armé ou pour le service auxiliaire.

En cas de mobilisation, l'homme en congé de réforme temporaire est maintenu dans ses foyers.

Rengagements des militaires dans leurs foyers. — Les militaires libérés, qui ont quitté le service depuis moins de deux ans, peuvent contracter un rengagement dans les troupes métropolitaines, et tous ceux comptant moins de trente-six ans peuvent rengager pour les troupes coloniales.

Les rengagements sont renouvelables jusqu'à une durée totale de quinze années de service pour les sous-officiers ou anciens sous-officiers de l'armée métropolitaine, pour les caporaux, brigadiers ou soldats de cette armée, occupant certains emplois désignés par le ministre de la guerre, pour les militaires de tous grades de l'armée coloniale, du régiment de sapeurs-pompiers de Paris, et de certains corps de l'armée métropolitaine d'Afrique, désignés par le ministre ;

De dix années pour les brigadiers et soldats dans les régiments de cavalerie et les batteries des divisions de cavalerie ;

Et de cinq années pour les brigadiers, caporaux et soldats des troupes métropolitaines.

Dans les limites indiquées ci-dessus, les militaires de toutes armes et de tous grades peuvent contracter des rengagements de six mois, un an, dix-huit mois, deux, trois, quatre et cinq ans.

Après l'expiration des rengagements, peuvent être maintenus sous les drapeaux, en qualité de commissionnés, les sous-officiers de toutes armes, les caporaux et soldats de l'armée coloniale, enfin les caporaux et soldats affectés à certains emplois dans les troupes métropolitaines.

Les rengagés reçoivent *une prime* au moment du rengagement, puis *une haute paie* journalière comme rengagés ou commissionnés.

Les militaires qui quittent le service après quinze ans de services effectifs ont droit à une pension proportionnelle ; après vingt-cinq ans, ils ont une pension de retraite.

A quel service sont astreints les hommes naturalisés Français ?

Les individus devenus Français par voie de naturalisation, réintégration ou déclaration faite conformément aux lois, sont portés sur les tableaux de recensement de la première classe formée après leur changement de nationalité.

Ils sont incorporés en même temps que la classe avec laquelle ils ont pris part aux opérations du recrutement. Ils sont tenus d'accomplir le même temps de service actif, sans que toutefois cette obligation ait pour effet de les maintenir sous les drapeaux au delà de leur trente-cinquième année révolue. Ils suivent ensuite le sort de la classe avec laquelle ils ont été incorporés. Toutefois, ils sont libérés à titre définitif à l'âge de cinquante ans au plus tard.

La situation des individus devenus Français par voie de réintégration ou déclaration, continue à être réglée par la loi du 21 mars 1905, ils sont libérés du service actif à vingt-sept ans.

A quel service sont astreints les omis ?

Les jeunes gens qui, par suite de fraude ou simplement d'omission, ont été omis les années précédentes, sont inscrits sur les tableaux de recensement de la classe qui est appelée après la découverte de l'omission, à moins qu'ils n'aient quarante-neuf ans accomplis à cette époque. Ils sont soumis à toutes les obligations qu'ils auraient eu à accomplir.

Toutefois, ils sont libérés à titre définitif à l'âge de cinquante ans au plus tard.

Ceux pour lesquels une intention frauduleuse aurait été relevée sont déférés aux tribunaux ordinaires et punis d'un emprisonnement d'un mois à un an. Ensuite ils sont incorporés dans les troupes coloniales et peuvent être envoyés aux colonies.

Comment un condamné à l'emprisonnement fait-il son service militaire dans l'armée active et dans les réserves ?

Ne compte pas, pour les années de service exigées par la loi dans l'armée active, la réserve de l'armée active et l'armée territoriale, le temps pendant lequel un militaire de l'armée active, un réserviste ou un homme de l'armée territoriale a subi la peine de l'emprisonnement en vertu d'un jugement, si cette peine a eu pour effet de l'empêcher d'accomplir, au moment fixé, tout ou partie des obligations d'activité qui lui sont imposées par la loi ou par les engagements qu'il a souscrits.

Les militaires de cette catégorie seront tenus de remplir leurs obligations d'activité, soit à l'expiration de leur peine s'ils appartiennent à l'armée active, soit au moment de l'appel qui suit leur élargissement s'ils font partie de la réserve de l'armée active ou de l'armée territoriale.

Toutefois, quelles que soient les déductions de service ainsi opérées, les hommes qui en sont l'objet sont rayés des contrôles en même temps que la classe à laquelle ils appartiennent.

Quel est le service des ajournés ?

Les jeunes gens reconnus par le conseil de revision d'une constitution trop faible peuvent être ajournés jusqu'à l'époque où ils passent dans la réserve de l'armée active.

A moins d'une autorisation spéciale, les ajournés sont astreints à repasser la visite devant le conseil de revision du canton qui les a examinés une première fois.

Les jeunes gens ajournés une première fois, reconnus bons l'année suivante, font trois ans ; après deux ajournements les hommes pris par la revision font deux années. Ceux qui, ayant été ajournés trois fois, seront pris au quatrième examen feront un an de service.

Enfin ceux qui, après avoir été ajournés quatre fois, sont déclarés bons au dernier examen qu'ils doivent subir sont versés dans l'armée de réserve et astreints aux périodes de la classe à laquelle ils appartiennent.

Les ajournés sont, après leur libération, astreints aux obligations de leur classe d'origine.

Quel est le service des ajournés du service auxiliaire?

Les jeunes gens classés dans le service auxiliaire, mais ajournés jusqu'à vingt-cinq ans parce qu'ils ont demandé à être, en cas d'aptitude physique, admis au service armé, sont obligés d'accomplir trois années de service actif dans le service armé ou dans le service auxiliaire; ensuite ils sont astreints aux obligations de leur classe de recrutement.

Dans leurs foyers, avant l'incorporation, ils sont inscrits comme disponibles, ils reçoivent un livret et un fascicule de mobilisation.

Quel est le service des jeunes gens qui ont obtenu un sursis pour frère sous les drapeaux, achèvement d'études, etc.?

Ils suivent le sort de leur classe d'origine.

CHAPITRE IV

LA FRANCE MILITAIRE
AUTORITÉS DONT DÉPENDENT LES HOMMES
DANS LEURS FOYERS
RELATIONS AVEC L'AUTORITÉ MILITAIRE

Comment est divisé, au point de vue militaire, le territoire de la France?

Le territoire de la France, y compris l'Algérie, est divisé en vingt et une régions ([1]) de corps d'armée, ayant chacune à leur tête un général de division commandant le territoire du corps d'armée.

([1]) Le 21⁰ corps d'armée va être créé au commencement de 1914.

Chaque région de corps d'armée est divisée en subdivisions. Le territoire de chacune des subdivisions est commandé par un général de brigade.

Le territoire de la France, sauf les départements de la Seine, de Seine-et-Oise et du Rhône, se trouve divisé en 145 subdivisions de régions, soit : 8 par région de corps d'armée, 9 dans la 15e, 4 dans les 6e et 20e régions, et 3 dans le 19e corps (Algérie).

A quoi correspond un bureau de recrutement et quelles sont ses attributions ?

A chaque subdivision correspond un bureau de recrutement commandé par un officier supérieur. Cet officier supérieur est chargé de l'administration de tous les militaires dans leurs foyers qui sont domiciliés dans sa subdivision ; il a autorité directe sur eux.

Tableau des régions de corps d'armée et des subdivisions

(A chaque subdivision correspond un bureau de recrutement)

RÉGIONS de CORPS D'ARMÉE	DÉPARTEMENTS formant CHAQUE RÉGION	NUMÉROS ET NOMS des SUBDIVISIONS
1re RÉGION. Chef-lieu : *Lille.*	Nord et Pas-de-Calais . . .	1re subd. : à Lille. 2e — Valenciennes. 3e — Cambrai. 4e — Avesnes. 5e — Arras. 6e — Béthune. 7e — Saint-Omer. 8e — Dunkerque.
2e RÉGION. Chef-lieu : *Amiens.*	Aisne, Oise, Somme, une partie de la Seine et de Seine-et-Oise	1re subd. : à Soissons. 2e — Saint-Quentin. 3e — Beauvais. 4e — Amiens. 5e — Compiègne. 6e — Abbeville. 7e — Laon. 8e — Péronne.

RÉGIONS de CORPS D'ARMÉE	DÉPARTEMENTS formant CHAQUE RÉGION	NUMÉROS ET NOMS des SUBDIVISIONS
3e RÉGION. Chef-lieu : *Rouen.*	Calvados, Eure, Seine-Inférieure, une partie de la Seine et de Seine-et-Oise.	1re subd. : à Bernay. 2e — Évreux. 3e — Falaise. 4e — Lisieux. 5e — Rouen (nord). 6e — Rouen (sud). 7e — Caen. 8e — Le Havre.
4e RÉGION. Chef-lieu : *Le Mans.*	Eure-et-Loir, Mayenne, Orne, Sarthe, une partie de la Seine et de Seine-et-Oise.	1re subd. : à Laval. 2e — Mayenne. 3e — Mamers. 4e — Le Mans. 5e — Dreux. 6e — Chartres. 7e — Alençon. 8e — Argentan.
5e RÉGION. Chef-lieu : *Orléans.*	Loiret, Loir-et-Cher, Seine-et-Marne, Yonne, une partie de la Seine et de Seine-et-Oise	1re subd. : à Sens. 2e — Fontainebleau. 3e — Melun. 4e — Coulommiers. 5e — Auxerre. 6e — Montargis. 7e — Blois. 8e — Orléans.
6e RÉGION. Chef-lieu : *Châlons-sur-M.*	Ardennes, Marne, Meuse, une partie de Meurthe-et-Moselle (arrond. de Briey).	1re subd. : à Mézières. 2e — Reims. 3e — Châlons-sur-M. 4e — Verdun.
7e RÉGION. Chef-lieu : *Besançon.*	Ain, Doubs, Jura, Haute-Marne (arrondissement de Langres, cantons d'Arc-en-Barrois, Châteauvillain, Chaumont, Nogent-en-Bassigny), territoire de Belfort, Haute-Saône, Rhône et Vosges (moins l'arrondissement de Neufchâteau et les cantons de Raon-l'Étape, Rambervillers, Charmes, Mirecourt et Vittel)	1re subd. : à Belfort. 2e — Vesoul. 3e — Langres. 4e — Épinal. 5e — Lons-le-Saunier. 6e — Besançon. 7e — Bourg. 8e — Belley.

RÉGIONS de CORPS D'ARMÉE	DÉPARTEMENTS formant CHAQUE RÉGION	NUMÉROS ET NOMS des SUBDIVISIONS
8e RÉGION. Chef-lieu : *Bourges.*	Cher, Côte-d'Or, Nièvre, Saône-et-Loire.	1re subd.: à Auxonne. 2e — Dijon. 3e — Chalon-s.-Saône. 4e — Màcon. 5e — Cosne. 6e — Bourges. 7e — **Autun.** 8e — Nevers.
9e RÉGION. Chef-lieu : *Tours.*	Maine-et-Loire, Indre-et-Loire, Indre, Deux-Sèvres, Vienne.	1re subd.: à Châteauroux. 2e — Le Blanc. 3e — Parthenay. 4e — Poitiers. 5e — Châtellerault. 6e — Tours. 7e — Angers. 8e — Cholet.
10e RÉGION. Chef-lieu : *Rennes.*	Côtes-du-Nord, Manche, Ille-et-Vilaine	1re subd.: à Guingamp. 2e — Saint-Brieuc. 3e — Rennes. 4e — Vitré. 5e — Cherbourg. 6e — Saint-Malo. 7e — Granville. 8e — Saint-Lô.
11e RÉGION. Chef-lieu : *Nantes.*	Loire-Inférieure, Morbihan, Vendée	1re subd.: à Nantes. 2e — Ancenis. 3e — La Roche-s.-Yon. 4e — Fontenay. 5e — Vannes. 6e — Quimper. 7e — Brest. 8e — Lorient.
12e RÉGION. Chef-lieu : *Limoges.*	Charente, Corrèze, Creuse, Dordogne, Haute-Vienne.	1re subd.: à Limoges. 2e — Magnac-Laval. 3e — Guéret. 4e — Tulle. 5e — Périgueux. 6e — Angoulême. 7e — Brive. 8e — Bergerac.

RÉGIONS de CORPS D'ARMÉE	DÉPARTEMENTS formant CHAQUE RÉGION	NUMÉROS ET NOMS des SUBDIVISIONS
13e RÉGION. Chef-lieu : *Clerm.-Ferrand.*	Allier, Loire, Puy-de-Dôme, Haute-Loire, Cantal . . .	1re subd. : à Riom. 2e — Montluçon. 3e — Clerm.-Ferrand. 4e — Aurillac. 5e — Le Puy. 6e — Saint-Étienne. 7e — Montbrison. 8e — Roanne.
14e RÉGION. Chef-lieu : *Lyon.*	Hautes-Alpes, Drôme, Isère, Savoie, Haute-Savoie, Basses-Alpes (cantons de Saint-Paul, Barcelonnette et du Lauzet)	1re subd. : à Grenoble. 2e — Bourgoin. 3e — Annecy. 4e — Chambéry. 5e — Vienne. 6e — Romans. 7e — Montélimar. 8e — Gap.
15e RÉGION. Chef-lieu : *Marseille.*	Basses-Alpes (moins les cantons de St-Paul, Barcelonnette et du Lauzet), Alpes-Maritimes, Ardèche, Bouches-du-Rhône, Corse, Gard, Var, Vaucluse . . .	1re subd. : à Digne. 2e — Nice. 3e — Toulon. 4e — Marseille. 5e — Nîmes. 6e — Avignon. 7e — Privas. 8e — Pont-St-Esprit. 9e — Ajaccio.
16e RÉGION. Chef-lieu : *Montpellier.*	Aude, Aveyron, Hérault, Lozère, Tarn, Pyrénées-Orientales	1re subd. : à Béziers. 2e — Montpellier. 3e — Mende. 4e — Rodez. 5e — Narbonne. 6e — Perpignan. 7e — Carcassonne. 8e — Albi.
17e RÉGION. Chef-lieu : *Toulouse.*	Ariège, Haute-Garonne, Gers, Lot, Lot-et-Garonne, Tarn-et-Garonne.	1re subd. : à Agen. 2e — Marmande. 3e — Cahors. 4e — Montauban. 5e — Toulouse. 6e — Foix. 7e — Mirande. 8e — St-Gaudens.

RÉGIONS de CORPS D'ARMÉE	DÉPARTEMENTS formant CHAQUE RÉGION	NUMÉROS ET NOMS des SUBDIVISIONS
18ᶜ RÉGION. Chef-lieu : *Bordeaux*.	Charente - Inférieure, Gironde, Landes, Basses-Pyrénées, Hautes-Pyrénées .	1ʳᵉ subd. : à Saintes. 2ᵉ — La Rochelle. 3ᵉ — Libourne. 4ᵉ — Bordeaux. 5ᵉ — Mont-de-Marsan. 6ᵉ — Bayonne. 7ᵉ — Pau. 8ᵉ — Tarbes.
19ᵉ RÉGION. Chef-lieu : *Alger*.	Provinces d'Alger, d'Oran, de Constantine	1ʳᵉ subd : à Alger. 2ᵉ — Oran. 3ᵉ — Constantine.
20ᵉ RÉGION. Chef-lieu : *Nancy*.	Haute - Marne (arrond. de **Vassy** et de **Chaumont**, moins les cantons de Chaumont, Arc - en - Barrois, Châteauvillain et Nogent-en-Bassigny), Vosges (arrond. de Neufchâteau et cantons de Raon-l'Étape, Rambervillers, Charmes, Mirecourt et Vittel), Aube, Meurthe-et-Moselle (moins l'arrond. de Briey)	1ʳᵉ subd. : à Nancy. 2ᵉ — Toul. 3ᵉ — Neufchâteau. 4ᵉ — Troyes.

Outre ces 145 bureaux de subdivisions, il y a 14 autres bureaux de recrutement : 10 en France, 3 en Algérie, 1 en Tunisie ; total 159, savoir :

3 à Lyon, pour le département du Rhône : un bureau central administrant les hommes appartenant à la 14ᵉ région et deux bureaux annexes administrant les hommes attribués à la 7ᵉ région ;

(*Note du 14ᵉ corps d'armée.* — Les cantons de Givors, Saint-Genis-Laval, Villeurbanne, ainsi que les Iᵉʳ, IIᵉ, IIIᵉ et VIᵉ arrondissements de Lyon [Rhône], sont rattachés au 14ᵉ corps d'armée.)

1 à Versailles pour le département de Seine-et-Oise, dont les disponibles, les réservistes de l'armée active et les hommes

de l'armée territoriale sont répartis en principe entre les 2ᵉ corps (arrondissement de Pontoise), 3ᵉ corps (arrondissements de Mantes et de Versailles), 4ᵉ corps (arrondissement de Rambouillet) et 5ᵉ corps (arrondissements d'Étampes et de Corbeil) ;

6 dans le département de la Seine : soit 5 bureaux matriculaires et 1 bureau spécial.

Le bureau spécial, en outre de la préparation et de l'exécution de certaines mesures de mobilisation, est chargé de :

L'administration des hommes étrangers au département de la Seine et qui ont été pris en domicile par le bureau spécial d'après les ordres du gouverneur militaire de Paris ;

L'administration des non-affectés, des non-disponibles et des affectés spéciaux dans les conditions prévues aux tableaux A, B, C de l'instruction du 7 avril 1906.

Il est encore chargé des engagements volontaires pour la légion étrangère.

Les 3 bureaux de recrutement de l'Algérie correspondent aux 3 départements et sont installés à Alger, Oran et Constantine.

1 bureau est installé à Tunis.

Les affaires de recrutement des colonies sont traitées par les états-majors militaires des lieux.

TABLEAUX

Tableau A

Répartition du territoire du département de la Seine entre les cinq bureaux de recrutement matriculaires

DÉSIGNATION des BUREAUX DE RECRUTEMENT	ARRONDISSEMENTS DE PARIS ET CANTONS constituant la circonscription
1er bureau de la Seine (Porte de la Chapelle).	Cantons de Saint-Denis, Saint-Ouen, Aubervilliers, Pantin et Noisy-le-Sec. 10e, 19e et 20e arrondissements de Paris.
2e bureau de la Seine (Porte de Passy) . . .	Cantons de Courbevoie, Puteaux, Asnières, Neuilly, Boulogne, Levallois-Perret, Clichy. 1er, 7e, 15e, 16e arrondissements de Paris.
3e bureau de la Seine (Porte de Châtillon) .	Cantons de Sceaux, Vanves, Villejuif, Ivry. 4e, 5e, 6e, 13e et 14e arrondissements de Paris.
4e bureau de la Seine (Porte de Charenton).	Cantons de Charenton, Nogent-sur-Marne, Saint-Maur, Vincennes, Montreuil. 2e, 3e, 11e, 12e arrondissements de Paris.
6e bureau de la Seine (Porte de Champerret).	8e, 9e, 17e et 18e arrondissements de Paris.

Tableau B

Répartition des hommes des réserves résidant dans le département de la Seine entre les cinq bureaux de recrutement matriculaires

BUREAUX DE RECRUTEMENT matriculaires	RÉGIONS D'OU PROVIENNENT LES RÉSIDENTS à administrer	
	Régions alimentées normalement	Autres régions
1er bureau	2e région	1re, 13e, 15e et 16e régions.
2e bureau.	3e région	9e, 12e et 17e régions.
3e bureau.	4e région	10e, 11e, 18e et 19e régions et colonies.
4e bureau.	5e région	Département de Seine-et-Oise et 8e région.
6e bureau.	20e et 6e régions. .	7e et 14e régions et gouvernement militaire de Lyon.

A quelles autorités militaires sont soumis les hommes dans leurs foyers ?

Les hommes dans leurs foyers sont, au point de vue militaire, sous l'autorité du commandant de recrutement, du général commandant la subdivision de leur domicile et du général de division commandant la région de corps d'armée, sauf pendant le temps où ils sont en activité sous les drapeaux dans un corps de troupe ou dans un service.

Relations avec l'autorité militaire territoriale. — *Comment s'opèrent les relations du militaire dans ses foyers avec l'autorité militaire ?*

L'intermédiaire ordinaire entre le soldat dans ses foyers et l'autorité militaire, c'est la gendarmerie dont dépend la localité qu'il habite.

Toute demande qu'un homme a à adresser relativement à sa situation militaire, soit au général commandant la subdivision, soit au commandant du recrutement, **doit être remise à la gendarmerie, qui la transmet.**

Le commandant de recrutement est-il tenu de toujours se servir de l'intermédiaire de la gendarmerie pour correspondre avec un homme sous son commandement ?

Exceptionnellement, le commandant d'un bureau de recrutement peut faire directement une demande ou une notification à un homme dans ses foyers. Dans ce cas, il lui adresse en franchise par la poste une carte spéciale pour le service militaire ; le destinataire inscrit sa réponse sur la même carte dans la partie réservée pour cela, il met l'adresse du commandant de recrutement, puis il remet la carte à la poste sans affranchir.

Quels sont les cas les plus habituels où l'on a à s'adresser à l'autorité militaire ?

Les cas les plus habituels où l'on a à s'adresser à l'autorité militaire sont ceux relatifs aux devancements d'appel, aux ajournements, et aux demandes de pièces militaires ; on correspond encore au sujet d'un livret individuel perdu, au sujet de maladies, de voyages, de changements de domicile ou de résidence, etc.

Maladie et réforme. — *Quel est le devoir du militaire dans ses foyers qui ne se sent plus apte au service militaire?*

Le militaire dans ses foyers qui, par suite d'une maladie ou d'un accident, devient impropre soit au service militaire armé, soit au service auxiliaire, doit immédiatement, dès que le fait s'est produit, en informer l'autorité militaire.

A cet effet, l'homme en fait la déclaration au commandant de la brigade de gendarmerie, qui la transmet, avec une enquête sommaire, appuyée d'un certificat médical, au commandant du bureau de recrutement.

Que répond alors le commandant de recrutement?

Le commandant de recrutement envoie au militaire une convocation indiquant le jour, l'heure et le lieu où il devra se présenter devant la commission de réforme. Cette convocation donne droit au tarif militaire sur les chemins de fer pour aller au lieu de convocation et pour le retour, si le titulaire est réformé.

Est-il nécessaire que l'homme qui se croit incapable d'un service militaire en fasse immédiatement la déclaration?

Oui, il importe que tous ceux qui se sentent incapables de faire du **service militaire** se présentent sans hésiter devant une commission de réforme.

Ils ne doivent attendre ni une convocation pour une période, ni l'heure de la mobilisation.

Ceux qui n'auraient pas fait valoir leurs droits *seront tenus de rejoindre.* Ils ne seront alors que des embarras dont il faudra cependant régler la situation, et, dans certains cas, ils pourront ne plus être réformés et seront obligés de marcher, surtout au moment de la mobilisation.

Mariages. — *Quelle formalité doit remplir le militaire dans ses foyers au moment de son mariage?*

Tout militaire dans ses foyers peut contracter mariage sans l'autorisation de l'autorité militaire.

Il présente son livret individuel au maire de la commune dans laquelle il se marie, et il est prévenu que son mariage ne peut lui conférer aucune exemption ou dispense d'un service quelconque.

Affiches de renseignements. — Des affiches destinées à renseigner les hommes des différentes catégories de réserves sur les obligations qui leur incombent au cours de l'année suivante, au point de vue des périodes d'exercices et des revues d'appel, sont placardées dans chaque région, dans toutes les communes, vers le 1er décembre de chaque année

Pour attirer l'attention du public, elles portent en tête un faisceau de deux drapeaux tricolores.

Il importe que ces affiches soient lues par tout le monde, et principalement par ceux qui font partie, à quelque titre que ce soit, de la réserve de l'armée active, de la territoriale et de sa réserve.

CHAPITRE V

LIVRET INDIVIDUEL
ET FASCICULE DE MOBILISATION

Livret individuel. — *Qu'est-ce que le livret individuel pour le militaire dans ses foyers?*

Le livret individuel est pour le militaire une pièce authentique et officielle qu'il doit pouvoir présenter à toute réquisition de l'autorité civile, militaire ou judiciaire.

Quels sont les renseignements donnés par le livret indivi-
duel pouvant être utiles au militaire dans ses foyers ?

Le livret individuel donne : le millésime de la classe de
mobilisation dont l'homme fait partie d'après ses services (en
tête de la couverture) ;

L'état civil du titulaire et son signalement ; le titre sous
lequel il a commencé ses services et la subdivision dont il
faisait partie avant son incorporation ;

Les dates de passage dans les différentes catégories de
l'armée : réserve de l'armée active, armée territoriale, réserve
de l'armée territoriale et enfin la libération définitive ;

Les périodes accomplies ;

Enfin, divers renseignements sur son instruction militaire
qui ont été inscrits au cours de son service dans l'armée active.

Quels tableaux trouve-t-on dans le livret individuel et à
quoi servent-ils ?

Le livret individuel contient des tableaux pour
les visas que la gendarmerie doit apposer lorsque
le titulaire fait des déclarations de changements
de domicile et de résidence, lorsqu'il voyage ou
qu'il va se fixer à l'étranger.

Enfin, on trouve à la fin du livret un billet d'hôpital, qui
doit être conservé pour n'être employé qu'en cas de mobilisation, s'il y a lieu.

Ne trouve-t-on pas aussi des textes de lois et des recom-
mandations ?

Oui, le livret individuel renferme certains textes de lois
et de règlements relatifs aux militaires et des recommanda-
tions au sujet de leurs obligations dans leurs foyers. On y
trouve aussi un extrait du Code de justice militaire.

Le militaire dans ses foyers est-il tenu de conserver son
livret individuel ?

Oui, c'est une obligation formelle. On doit placer

son livret avec soin dans ses papiers d'affaires et de famille, et il faut éviter de lui faire subir aucune détérioration.

On est tenu de conserver son livret jusqu'à la libération définitive du service militaire, c'est-à-dire pendant vingt-huit années, et de le représenter à toute réquisition de l'autorité militaire.

Accorde-t-on des délais au réserviste ou territorial pour représenter son livret lorsqu'on le lui réclame ?

En cas d'appel à l'activité ou de convocation pour des manœuvres, exercices ou revues, la représentation du livret individuel doit avoir lieu dans les vingt-quatre heures de la réquisition.

En tout autre cas, le délai est de huit jours.

Ceux qui n'auront pas satisfait à cette obligation seront passibles de peines disciplinaires (art. 31 et 85 de la loi du 21 mars 1905).

Que doit-on faire si on perd accidentellement son livret individuel ?

L'homme qui perd son livret, étant dans ses foyers, doit en faire immédiatement la déclaration à la gendarmerie, qui la transmet.

Le commandant de recrutement lui fait établir un **nouveau** livret (duplicata) et un nouveau fascicule qui sont délivrés gratuitement.

Il importe que l'homme n'apporte **aucun retard dans cette déclaration de perte,** qui d'ailleurs serait toujours reconnue.

Que doit faire le militaire qui s'aperçoit seulement au moment de son départ pour une convocation que son livret individuel est perdu ?

Il doit, avant de partir, se munir d'un certificat d'identité établi en présence de deux témoins par le maire, ou par un commissaire de police, ou, à défaut, par le commandant de la gendarmerie.

Comment complète-t-on le livret individuel au moment où le militaire libéré du service actif est renvoyé dans ses foyers?

Il est complété par l'adjonction, en tête et au verso de la couverture, d'**un fascicule de mobilisation** maintenu par deux agrafes métalliques.

FASCICULE DE MOBILISATION

Qu'est-ce que le fascicule de mobilisation? (¹)

Le fascicule de mobilisation est un ordre permanent placé entre les mains de chaque militaire dans ses foyers.

Les ordres qu'il renferme doivent être toujours présents à la mémoire du titulaire, qui devra les exécuter ponctuellement au jour de la mobilisation.

Tout militaire dans ses foyers doit toujours prévoir l'éventualité d'un départ, selon les prescriptions de son fascicule.

Quelle est la composition du fascicule de mobilisation et quelles indications donne-t-il?

Le fascicule, en papier fort, comprend quatre pages seulement.

La première page donne : la classe de mobilisation, le corps d'armée, la subdivision et le numéro de l'homme au contrôle spécial du recrutement, ses noms, son grade et son domicile, puis le régiment, le bataillon, la compagnie (l'escadron ou la batterie) auxquels le militaire dans ses foyers est affecté.

La deuxième page donne en tête un avis très important pour l'homme absent de son domicile au moment d'une mobilisation; cet avis lui indique le jour de la mobilisation auquel il doit se présenter, avant 9 heures du matin, à la gare la plus voisine de sa résidence, pour rejoindre directement le lieu désigné.

Cet avis est un ordre.

(¹) Par la circulaire ministérielle du 11 février 1912, on recommande spécialement les théories aux militaires sur le fascicule de mobilisation.

Quelles sont les deux conséquences de cet ordre?

Les deux conséquences à tirer de cet ordre sont :

1° Que tout homme soumis à la loi sur le recrutement doit toujours emporter son livret avec lui lorsqu'il se déplace ou lorsqu'il voyage ;

2° Qu'à la publication de l'ordre de mobilisation, tout militaire doit s'inquiéter du jour qui a été désigné comme le premier jour de la mobilisation. (L'ordre publié l'indiquera.)

Les jours de mobilisation sont comptés de minuit à minuit.

Que comprend la troisième page du fascicule ?

C'est l'**ordre de route** pour le cas de mobilisation.

Le titulaire du fascicule **doit le connaître en tout temps ;** à l'annonce de la mobilisation, il doit le relire avec attention et **se conformer minutieusement à toutes les indications qu'il donne relativement aux routes à suivre, aux gares à employer, au jour et à l'heure auxquels il doit se présenter à son lieu de mobilisation.** Il faudra obéir aux prescriptions de cet ordre d'une façon complète : c'est une **nécessité absolue** et c'est en même temps un **acte de patriotisme.**

Le militaire doit emporter des vivres selon les indications de son fascicule.

Remarques à la suite d'expériences faites avec des réservistes et des territoriaux. — En interrogeant à l'improviste des hommes dans leurs foyers sur leurs obligations au jour de la mobilisation et en comparant aussitôt leurs réponses avec l'*ordre de route* de leurs fascicules, nous avons constaté des résultats peu satisfaisants ; chez quelques-uns, c'était l'ignorance complète, chez un trop grand nombre d'autres, c'était des erreurs absolument gravées dans l'esprit de ces militaires. Ce qui est certain, c'est que si la mobilisation avait eu lieu au jour de notre expérience, ces militaires auraient commis effectivement l'erreur, telle qu'elle existait dans leur mémoire, car en général ils étaient très affirmatifs.

Le plus souvent, l'homme avait conservé dans la mémoire la teneur de son premier fascicule, de celui qui lui avait été notifié à sa libération ;

il s'était bien peu inquiété des nouveaux fascicules qu'il avait reçus, sur lesquels pourtant l'heure et le jour de son départ avaient été modifiés. Pour quelques-uns même, le régiment et le lieu de mobilisation avaient été changés.

Trois hommes interrogés nous donnèrent comme réponses qu'ils partaient le « deuxième jour », alors que cependant leur dernier ordre de route reçu était en blanc et qu'il portait imprimé en grosses lettres : « Maintenu provisoirement dans ses foyers. » C'était pourtant une obligation qui leur était faite de rester chez eux jusqu'à nouvel ordre.

Lisons donc l'ordre de route!

Que comprend la quatrième page du fascicule?

Un procès-verbal d'échange du fascicule, qui est signé par l'intéressé au moment où on lui remet un autre fascicule.

Le militaire dans ses foyers peut-il se dessaisir de son fascicule?

Non, jamais.

Que se passe-t-il lorsque, par suite d'un changement dans l'affectation ou dans la situation militaire du titulaire, il faut changer le fascicule?

Le changement de fascicule est fait par les soins de la gendarmerie de la façon suivante :

Le gendarme désigné, porteur d'un nouveau fascicule, se présente au domicile de l'intéressé et là il remplace dans le livret, séance tenante, l'ancien fascicule par le nouveau.

Le procès-verbal placé à la page 4 du fascicule retiré est établi, puis signé par le titulaire et par le gendarme.

Quelle serait une excellente coutume, pour le militaire dans ses foyers, au moment de la réception d'un nouveau fascicule?

Ce serait de se faire lire et commenter par le gendarme *l'ordre de route* du nouveau fascicule.

Le rôle du gendarme est de renseigner et d'éclairer les intéressés, quand il y a lieu.

Les prescriptions de certains ordres de route peuvent parfois être difficiles à saisir de prime abord; c'est en particulier le cas des fascicules concernant les services de la réquisition et de la garde des voies de communication.

Quelles sont les couleurs du fascicule?

Le fascicule est *rouge* lorsque son titulaire doit, en cas de mobilisation, rejoindre en employant le chemin de fer.

Il est *vert clair* lorsque le titulaire ne doit pas faire usage du chemin de fer pour rejoindre.

Il indique alors, s'il y a lieu, les localités dans lesquelles le militaire aura droit au logement.

Quelle est la marque distinctive des fascicules dont les titulaires sont chargés d'une mission spéciale, en cas de mobilisation?

Les fascicules des hommes chargés de missions spéciales, comme les conducteurs de convois, les employés aux commissions de réquisition de chevaux, ceux chargés de la garde des voies de communication, etc., ont des fascicules rayés en travers *rouge* ou *vert clair* sur fond jaune, selon qu'ils doivent prendre le chemin de fer ou employer les routes ordinaires.

Leurs ordres de route spéciaux indiquent en plus le lieu sur lequel l'homme doit être dirigé après sa mission terminée.

Le fascicule est *bleu clair* pour les hommes de toutes catégories dont l'utilisation n'est pas prévue dès le temps de paix.

Le fascicule est *blanc rayé bleu* pour les hommes placés en sursis d'appel au titre d'une exploitation houillère ou d'une fabrique d'agglomérés.

CHAPITRE VI

CHANGEMENTS DE RÉSIDENCE ET DE DOMICILE
DÉPLACEMENTS, VOYAGES

Est-ce une nécessité pour l'autorité militaire de toujours savoir exactement où se trouve un soldat réserviste ou territorial ?

Oui, toujours l'autorité militaire doit savoir où se trouve un réserviste ou un territorial, car, à tout instant, elle peut avoir à lui faire une communication ou à lui remettre une convocation individuelle ; de plus, le changement définitif de domicile entraîne, en général, l'affectation à un autre régiment.

La loi du 21 mars 1905 *oblige tous les hommes*, quelle que soit la catégorie à laquelle ils appartiennent, **à faire des déclarations de changement de domicile, de résidence ou de déplacement pour voyager**, et elle prescrit de punir disciplinairement ceux ayant contrevenu à ce obligations.

Changements de résidence et de domicile. — *Qu'est-ce que le changement de résidence ?*

On change de résidence lorsqu'on quitte momentanément le lieu que l'on habite, pour aller habiter pendant quelque temps seulement un autre lieu. Un changement de résidence prolongé peut justifier un changement de domicile d'office

Qu'est-ce que le changement de domicile ?

On change de domicile lorsqu'on quitte, sans l'idée de retour, le lieu que l'on habite pour aller se fixer définitivement ailleurs. Toutefois, le changement n'est prononcé par l'autorité militaire qu'en toute connaissance de cause ; elle est seule juge.

Quelle est la règle générale à suivre pour les changements de domicile et de résidence ?

Tout homme dans ses foyers inscrit sur le registre matricule du recrutement, c'est-à-dire n'ayant pas achevé ses vingt-huit années de service, lorsqu'il change de domicile ou de résidence, est astreint à **en faire la déclaration, dans le délai d'un mois,** au commandant de la brigade de gendarmerie dont relève la **nouvelle localité** où il a transporté **son domicile ou sa résidence.**

Il précise bien, en faisant sa déclaration, s'il s'agit d'un changement de résidence ou d'un changement de domicile, mais il ne peut pas imposer un changement de domicile.

Quelles pièces doit avoir avec lui le militaire au moment où il se présente pour faire cette déclaration ?

Il doit être porteur de son livret individuel (toujours accompagné du fascicule).

La gendarmerie y inscrit son visa constatant le changement de domicile ou de résidence.

Nouvelle décision. — Le ministre de la Guerre a communiqué la note suivante :

De nombreux cas d'insoumission parmi les réservistes et les territoriaux ont pour origine ce fait que les hommes, ayant négligé de remplir les formalités imposées par la loi en cas de changement de domicile ou de résidence, ne sont plus touchés par les ordres d'appel ou de route qui leur sont adressés.

D'autre part, les négligences qui viennent d'être signalées résultent souvent de ce que les brigades de gendarmerie, où doivent être faites les déclarations de changement de domicile ou de résidence, sont parfois assez éloignées de l'habitation des intéressés.

Pour ces raisons, en vue de faciliter aux réservistes et territoriaux dans leurs foyers l'accomplissement de leurs devoirs militaires et de réduire ainsi les causes d'insoumission, la mesure suivante a été arrêtée, d'accord entre le ministre de la Guerre et le ministre de l'Intérieur :

Les déclarations de changement de domicile ou de résidence qui ne sont actuellement reçues que dans les brigade de gendarmerie, le seront également d'sormais :

1° Dans les mairies des communes.

Toutefois, en raison de la très petite distance qui sépare toujours la mairie de la caserne de gendarmerie dans les communes de moins de 5.000 habitants, les déclarations continueront d'être reçues, dans ces localités, à la gendarmerie seulement ;

2° Dans les commissariats des grandes villes.

En résumé, pour prévenir l'autorité militaire de leurs changements de domicile, de résidence ou d'adresse, dans les conditions spécifiées par la loi de recrutement et l'instruction ministérielle du 20 juin 1910, les réservistes et territoriaux pourront se présenter, munis de leur livret, soit à la gendarmerie dont ils relèvent, soit à la mairie de leur commune (exception faite des localités de moins de 5.000 habitants, siège d'une brigade de gendarmerie), soit au commissariat de police de leur quartier.

Est-on aussi tenu d'indiquer son adresse précise ?

Oui, tout militaire dans une grande ville doit donner le nom de la rue et le numéro de la maison qu'il habite.

Les changements d'adresse dans les villes de plus de 5.000 habitants sont considérés comme des changements de résidence et il doit en être fait déclaration à la gendarmerie.

Quelle est la conséquence d'un changement de domicile ?

Le changement de domicile entraîne en général un changement de recrutement et une affectation à un autre régiment. Après la déclaration du changement de domicile, on établit un nouveau fascicule, qui est placé dans le livret par la gendarmerie.

Quelle disposition spéciale est établie pour les hommes qui vont fixer leur résidence ou leur domicile dans le département de la Seine?

Tout homme qui se présente à la gendarmerie pour déclarer qu'il transfère son domicile ou sa résidence dans le département de la Seine, est avisé qu'il est considéré comme changeant de résidence simplement, il reçoit l'avis d'avoir à se présenter de nouveau dans un délai de quinze jours, muni de son livret individuel.

Il reçoit alors un ordre de route complémentaire lui indiquant le point du gouvernement militaire qu'il doit rejoindre en cas de mobilisation, pour de là être dirigé sur sa destination en province.

Cette mesure est prise pour faciliter le départ en évitant les encombrements et les erreurs. On est tenu de s'y conformer.

A quelle formalité est tenu le militaire dans ses foyers qui rentre à son domicile après un changement de résidence?

A son retour dans son domicile, il doit aller en faire une **déclaration** à la gendarmerie **dans le délai d'un mois.**

Les déclarations de changements de domicile ou de résidence sont-elles acceptées en tout temps?

1° Les changements de domicile ne sont pas acceptés dans les six mois qui suivent le renvoi dans les foyers, après l'accomplissement du service d'activité. De même, les changements de domicile faits dans les trente jours qui précèdent la convocation du temps de paix ne sont effectués qu'à l'issue de la convocation.

2° Les changements de résidence sont reçus en tout temps.

Voyages. — *Que doit faire le militaire qui se déplace simplement pour voyager?*

Si le voyage doit durer plus de deux mois, il fait viser son livret par la gendarmerie de sa localité habituelle avant son départ. Il fournit les renseignements nécessaires.

Que fait-on au retour de son voyage?

On se présente également à la gendarmerie, qui appose son visa de retour de voyage sur le livret individuel.

Si le voyage que fait le militaire ne doit pas durer deux mois, n'a-t-il pas cependant des précautions à prendre?

Oui, il doit laisser son adresse à sa maison avant de partir, de façon que toute communication ou tout ordre que l'autorité militaire aurait à lui faire parvenir lui soit transmis aussitôt.

Résidence à l'étranger (¹). — *Que doit faire l'homme qui fixe sa résidence à l'étranger?*

Lorsqu'on va fixer sa résidence à l'étranger, on fait, avant son départ, viser son livret individuel par la gendarmerie, puis, dès son arrivée à destination, on fait une déclaration de résidence à l'agent consulaire de France le plus voisin auquel on donne son adresse. Cette déclaration peut être faite par correspondance.

L'homme reçoit un récépissé de sa déclaration.

Comment doit-on opérer si le lieu où l'on va résider est une colonie française?

On opère comme si on se fixait à l'étranger; seulement, à l'arrivée à destination, c'est à l'autorité militaire locale qu'on doit faire sa déclaration.

Si, étant à l'étranger, on a à se déplacer pour changer de résidence, que faut-il faire?

On prévient l'agent consulaire de France, au départ et à l'arrivée. (Si l'on est dans une colonie française, on prévient l'autorité militaire.)

(¹) **Voir page 53 pour les périodes des hommes à l'étranger.**

Quels sont les devoirs du militaire à l'étranger lorsqu'il rentre en France?

Avant son départ, il prévient l'autorité consulaire et, en arrivant en France, il se présente au commandant de la gendarmerie de la localité qu'il vient habiter.

Quels sont les avantages dont bénéficie le militaire qui s'est rigoureusement conformé aux prescriptions ci-dessus relatives aux déclarations de déplacements quelconques (domicile, résidence, voyages, fixation à l'étranger)?

Ces déclarations régulières donnent droit :

1° En cas de mobilisation ou de rappel de leur classe, à des délais supplémentaires pour rejoindre, calculés d'après la distance à parcourir ;

2° A des indemnités journalières et, en plus, pour les cas de convocations, à des indemnités kilométriques de route qui feront rentrer le militaire dans le déboursé qu'il a payé, en quart de tarif, sur les chemins de fer pour rejoindre.

Enfin, ces déclarations mettent celui qui s'y est conformé dans une situation toujours régulière, elles lui évitent toute punition ou poursuite comme insoumis et elles lui donnent la satisfaction, si précieuse pour l'homme, du devoir accompli.

Nota. — Les hommes des différentes catégories qui ont contrevenu aux obligations des déclarations sont passibles de peines disciplinaires.

CHAPITRE VII

CONVOCATIONS ET APPELS EN TEMPS DE PAIX

Convocations et appels prescrits par la loi. — *Quelles sont les convocations pour des périodes auxquelles sont soumis les hommes de la réserve de l'armée active et de la territoriale?*

1° Les réservistes de l'armée active doivent accomplir, pendant leurs onze années de service dans la réserve, deux périodes d'exercices : la première d'une durée de *vingt-trois jours*; la seconde d'une durée de *dix-sept jours*.

Nota. — Les réservistes cavaliers accomplissent généralement leur seconde période dans une autre arme.

2° Les hommes de l'armée territoriale sont assujettis, pendant leurs sept années de service dans cette armée, à une période d'exercices d'une durée de *neuf jours*.

3° Les militaires de la réserve de l'armée territoriale sont assujettis à une revue d'appel (déplacement maximum d'*une journée*).

Périodes d'exercice et revue d'appel

Les convocations ont lieu dans les conditions ci-après :

1° HOMMES DU PREMIER APPEL (VINGT-TROIS JOURS)

A — INFANTERIE

Les réservistes de l'infanterie sont convoqués en une seule série, à l'époque des manœuvres d'automne.

Il n'est fait d'exception à cette règle que pour certains corps désignés par le ministre, et pour les réservistes auxquels la convocation pendant les manœuvres causerait un *préjudice réellement par trop grave*.

B — CAVALERIE — ARTILLERIE (A L'EXCEPTION DES COMPAGNIES D'OUVRIERS ET D'ARTIFICIERS) — GÉNIE (MOINS LES SAPEURS-CONDUCTEURS).

Ces réservistes seront convoqués en une ou plusieurs séries, à des époques variant suivant les corps ; une des séries pouvant coïncider avec les manœuvres d'automne.

*

C — COMPAGNIES D'OUVRIERS ET D'ARTIFICIERS D'ARTILLERIE
— COMPAGNIES DE SAPEURS-CONDUCTEURS DU GÉNIE —
TRAINS DES ÉQUIPAGES MILITAIRES — TROUPES D'ADMINIS-
TRATION.

Ces réservistes seront convoqués par appels échelonnés pendant toute l'année, l'appel correspondant à l'époque des grandes manœuvres pouvant être plus important, s'il y a lieu.

2° HOMMES DU DEUXIÈME APPEL (DIX-SEPT JOURS)

Les réservistes du deuxième appel sont, en principe, réunis dans des camps d'instruction, de préférence au printemps.

A — INFANTERIE

a) Régiments subdivisionnaires et bataillons de chasseurs

L'appel des réservistes aura lieu, en principe, chaque année, par deux classes à la fois, dans moitié des régiments subdivisionnaires et des bataillons de chasseurs à pied.

La convocation aura lieu à des époques variables, suivant les corps, mais elle ne comportera pour un même corps qu'un appel unique.

A titre exceptionnel, un appel supplémentaire peut avoir lieu à la fin de l'année pour ceux auxquels la convocation d'ensemble aurait causé *un préjudice trop grave*.

Seront appelés les années de millésime pair, le premier régiment de chaque brigade et les bataillons de chasseurs de numéro impair.

Seront appelés les années de millésime impair, le deuxième régiment de chaque brigade et les bataillons de chasseurs de numéro pair.

**b) Régiments régionaux — Bataillons de place — Régiments
de zouaves — Infanterie coloniale**

On appellera en principe une classe chaque année.
La convocation aura lieu en une ou plusieurs séries.

B — AUTRES ARMES QUE L'INFANTERIE,
Y COMPRIS LES TROUPES D'ADMINISTRATION

Mêmes dispositions que celles indiquées pour le premier
appel.

3° HOMMES DU TROISIÈME APPEL (NEUF JOURS) ARMÉE TERRITORIALE

La réunion des corps de troupe d'infanterie territoriale
pourra avoir lieu dans des camps lorsque la chose sera
possible.

La convocation aura lieu par deux classes (les deux plus
jeunes classes jumelées) pour l'infanterie, la cavalerie, l'artillerie et le génie, sauf pour les compagnies de sapeurs-
conducteurs. Elle portera sur moitié du nombre des unités
chaque année. Ainsi seront appelées :

En 1912 et 1913, les classes 1896 et 1897 ;
En 1914 et 1915, les classes 1898 et 1899 ;
En 1916 et 1917, les classes 1900 et 1901, etc.
Voir le tableau des convocations ci-après (p. 46-47).

4° REVUE D'APPEL DES HOMMES DE LA RÉSERVE DE LA TERRITORIALE

Cet appel se fait pendant la première année de la réserve
territoriale, à l'époque des opérations du conseil de revision
dans la région, au chef-lieu de canton (¹).

(¹) Les hommes qui habitent des communes trop éloignées du chef-
lieu de canton sont convoqués à la mairie de leur commune.

Les hommes soumis à ces revues sont convoqués par des ordres d'appel individuels.

Ils doivent être porteurs de leur livret individuel.

Les réservistes de l'armée territoriale qui, en temps de guerre, sont affectés à la garde des voies de communication et des points importants du littoral ou employés comme auxiliaires d'artillerie, peuvent être convoqués pour des exercices spéciaux dont la durée totale, pendant les six années de réserve territoriale, ne peut excéder sept jours.

A quoi sont soumis les hommes des services auxiliaires de l'armée qui sont sous le régime de la loi du 21 mars 1905?

Les hommes qui ont été classés dans le service auxiliaire sont soumis aux mêmes appels du temps de paix que les hommes du service armé, mais cependant ils peuvent être dispensés de toutes manœuvres, exercices ou revues d'appel pendant leur passage dans les réserves.

Quel est le principal objet des revues d'appel?

Elles doivent avoir pour principal objet de s'assurer que les hommes connaissent les obligations qu'ils auraient à remplir en cas de mobilisation d'après leurs fascicules, et aussi qu'ils exercent bien la profession inscrite sur leur livret, qui a pu les faire désigner pour être employés dans un corps ou service.

Des peines disciplinaires n'excédant pas quatre jours de prison peuvent être infligées pour retard ou manquement aux revues d'appel.

Les hommes qui sont absents de leur domicile au moment de la revue d'appel, peuvent se présenter à la brigade de gendarmerie la plus rapprochée de l'endroit où ils se trouvent, et la revue d'appel se trouve accomplie.

Les hommes convoqués pour une période d'exercices sont-ils toujours renvoyés à la fin de la période?

Dans le cas où les circonstances paraîtraient l'exiger, les ministres de la guerre et de la marine sont autorisés à conserver provisoirement sous les drapeaux, au delà de la période réglementaire, les hommes appelés à un titre quelconque pour accomplir une période d'exercices. Notification de cette décision sera faite aux Chambres dans le plus bref délai possible.

Quelles sont les règles de discipline applicables aux réservistes ou territoriaux?

Les hommes de la réserve et de l'armée territoriale appelés en cas de mobilisation, ou convoqués pour des exercices, manœuvres ou revues, sont considérés sous tous les rapports comme des militaires de l'armée active, et soumis dès lors à toutes les obligations imposées par les lois et règlements en vigueur.

Lorsque des hommes de la réserve et de l'armée territoriale, même non présents sous les drapeaux, sont revêtus de la tenue militaire, ils doivent à tout supérieur hiérarchique en uniforme les marques extérieures de respect prescrites par les règlements militaires, et seront, comme des militaires en congé, passibles des peines disciplinaires.

Quand une période inachevée ou contremandée est-elle censée faite?

Lorsque les militaires de la réserve ou de la territoriale auront été renvoyés d'office dans leurs foyers avant la fin du temps réglementaire de la période d'instruction pour laquelle ils avaient été convoqués, cette période devra être considérée comme faite.

TABLEAU

Tableau des

ANNÉES de convocation	PREMIER APPEL (Réserve) [23 jours]	DEUXIÈME APPEL (RÉSERVE) [17 jours]		
		Régiments d'infanterie subdivisionnaires et bataillons de chasseurs à pied		Régiments régionaux, bataillons de place, régiments de zouaves, infanterie coloniale, armes autres que l'infanterie et troupes d'administration
		1er régiment de la brigade et bataillons de chasseurs de numéro impair	2e régiment de la brigade et bataillons de chasseurs de numéro pair	
1913	Classe 1908	»	Classe 1903 Classe 1904 Classe 1905	Classe 1904 ½ cl. 1905
1914	Classe 1909	Classe 1905 Classe 1906	»	½ cl. 1905 Classe 1906
1915	Classe 1910	»	Classe 1906 Classe 1907	Classe 1907
1916	Classe 1911	Classe 1907 Classe 1908	»	Classe 1908
1917	Classe 1912	»	Classe 1908 Classe 1909	Classe 1909
1918	Classe 1913	Classe 1909 Classe 1910	»	Classe 1910

NOTA. — Avec les troupes d'administration marchent les compagnies du train des convocations

TROISIÈME APPEL (ARMÉE TERRITORIALE) [9 jours]				TROUPES d'administration — Sapeurs-conducteurs du génie — Train des équipages	REVUES d'appel — Réserve de l'armée territoriale
ARMES COMBATTANTES					
Infanterie		Armes autres que l'infanterie			
Régiments rattachés au 2ᵉ régiment actif de la brigade, bataillons de chasseurs rattachés à des bataillons actifs de numéro pair, bataillons de zouaves de numéro pair	Régiments rattachés au 1ᵉʳ régiment actif de la brigade, bataillons de chasseurs rattachés à des bataillons actifs de numéro impair, bataillons de zouaves de numéro impair	Escadrons de dragons, groupes d'artillerie rattachés au régiment actif portant le numéro le plus faible de la brigade ou à des bataillons à pied de numéro impair, bataillons du génie de numéro pair	Escadrons de cavalerie légère, groupes d'artillerie rattachés au régiment actif portant le numéro le plus fort de la brigade ou à des bataillons à pied de numéro pair, bataillons du génie de numéro impair		
»	Classe 1896 Classe 1897	»	Classe 1896 Classe 1897	Classe 1897	Classe 1892
Classe 1898 Classe 1899	»	Classe 1898 Classe 1899	»	Classe 1898	Classe 1893
»	Classe 1898 Classe 1899	»	Classe 1898 Classe 1899	Classe 1899	Classe 1894
Classe 1900 Classe 1901	»	Classe 1900 Classe 1901	»	Classe 1900	Classe 1895
»	Classe 1900 Classe 1901	»	Classe 1900 Classe 1901	Classe 1901	Classe 1896
Classe 1902 Classe 1903	»	Classe 1902 Classe 1903	»	Classe 1902	Classe 1897

équipages et les compagnies de sapeurs-conducteurs du génie.

Ordres d'appel. — *Comment sont faites les convocations pour des périodes d'exercices ?*

Les convocations sont toujours faites au moyen d'un ordre d'appel individuel.

Cet ordre d'appel est envoyé au destinataire par l'intermédiaire de la poste, sous la forme d'une carte postale, autant que possible deux mois avant le commencement de la période.

Comment est établie cette carte postale ?

Elle comprend deux feuillets : le premier est blanc et le second est rouge.

Le premier, le blanc, c'est l'ordre d'appel ; il indique la date, le jour, l'heure et le lieu auxquels le destinataire doit se présenter et le numéro du régiment dans lequel il doit accomplir sa période d'exercices.

Le militaire doit emporter avec lui cet ordre d'appel pour se rendre à son corps et il doit le présenter à son arrivée.

Le second feuillet, le rouge, c'est le récépissé.

Que fait-on de ce récépissé ?

Dès que le militaire reçoit sa carte postale, il en détache le récépissé, le date, le signe, puis le met à la poste sans affranchir.

Le recto de ce feuillet rouge porte l'adresse du commandant du bureau de recrutement.

Que se passe-t-il si la poste ne trouve pas le destinataire de la carte ordre individuel ?

Dans ce cas, la poste retourne l'ordre individuel au bureau de recrutement et c'est alors la gendarmerie qui fait des recherches pour remettre l'ordre d'appel au destinataire.

Départ et heures d'arrivée

Pour fixer le jour et l'heure de l'arrivée à destination, on admet que l'homme convoqué quitte sa résidence le *premier jour* de la période à la *première heure,* et on tient compte des journées de route auxquelles lui donnent droit les distances à parcourir et les facilités de communication dont il dispose.

Les règles pour la fixation de l'heure d'arrivée sont les suivantes :

1° HOMMES OBLIGÉS D'UTILISER LA VOIE DE TERRE POUR REJOINDRE LEUR CORPS

Les heures d'arrivée sont basées sur la distance du domicile (ou de la résidence déclarée) jusqu'au corps d'affectation :

On doit arriver le premier jour,

à 8 heures du matin pour les trajets de   0 à 12 kilom.
à 10 —   —   —   12 à 20 —
à midi   —   20 à 24 —

Le deuxième jour,

à 8 heures du matin pour les trajets de 24 à 36 kilom.
à 10 —   —   —   36 à 44 —
à midi   —   44 à 48 —

2° HOMMES AYANT A LEUR DISPOSITION LA VOIE FERRÉE POUR REJOINDRE LEUR CORPS

Ces hommes *doivent prendre,* en principe, *le premier train de la journée* susceptible de les amener à destination.

Ils obtiennent le quart du tarif sur les chemins de fer sur la présentation de leur ordre d'appel.

Sont autorisés toutefois à prendre :

a) Des trains entre 8 heures et midi, les hommes ayant à effectuer à pied, pour se rendre de leur domicile, ou de leur résidence déclarée, à la gare de départ un trajet compris entre 8 et 20 kilomètres ;

b) Des trains entre midi et 18 heures (6 heures du soir), si ce trajet est compris entre 20 et 24 kilomètres ;

c) Le premier train du deuxième jour, si ce trajet est supérieur à 24 kilomètres.

On doit se présenter à son corps dès l'arrivée dans son lieu de garnison.

L'homme à son départ doit être muni de son livret individuel et de son ordre d'appel.

NOTA. — L'ordre d'appel peut être utilisé dans un délai de trois jours avant la date fixée pour l'arrivée au corps ; il peut également servir deux jours après la date du retour, mais avec une autorisation spéciale du chef de corps.

Quelles précautions le militaire doit-il prendre avant son départ ?

Le militaire doit n'emporter que les effets nécessaires à son voyage et ne prendre comme bagage que le linge qui lui est nécessaire pour le temps de sa période, s'il veut faire usage de son linge personnel. Un trop gros bagage est encombrant à la caserne.

Comme chaussures, si le militaire a la possibilité de le faire, il est bon qu'il se munisse d'une bonne paire de brodequins larges, déjà brisés, se rapprochant du modèle réglementaire. Ce sera pour lui une garantie pendant les marches.

Si le militaire rappelé le désire, il reçoit à son arrivée au corps du linge et des chaussures.

Il est bon que le réserviste ou le territorial arrive à son corps avec les cheveux coupés court. Il est libre de porter sa barbe comme il le fait ordinairement.

Avec quelles dispositions doit arriver à son corps le militaire convoqué pour y accomplir une période ?

Le militaire qui vient accomplir une période d'exercices **doit arriver à son corps avec la dignité qui convient à un homme qui accomplit un des plus importants de ses devoirs de citoyen.**

Il faut donc qu'il se présente **exactement à l'heure indiquée,** étant propre et convenablement vêtu, surtout **n'étant pas pris de boisson.**

A son arrivée, il sera bien reçu par ses chefs et il trouvera comme camarades des soldats dévoués qui seront prêts à lui rendre service.

Service pendant la période. — *Quelle est l'utilité des périodes d'exercices ?*

Les périodes d'exercices rappellent au militaire dans ses foyers qu'il fait toujours partie de l'armée, qu'il appartient à un régiment, à une unité où il est connu et dans laquelle on compte sur lui pour le jour de la mobilisation.

Les périodes ont encore pour but de retremper le soldat-citoyen dans les principes de la discipline et dans la camaraderie militaire, tout en le mettant rapidement au courant des modifications survenues dans les manœuvres, dans l'armement et dans le tir depuis l'époque de sa libération.

Son devoir est donc de travailler consciencieusement pendant ces périodes, pour se maintenir à la hauteur de la tâche qu'il peut avoir à remplir le jour, peut-être prochain, où il serait rappelé pour soutenir l'honneur du drapeau et pour défendre le territoire de la France.

Comment le réserviste ou le territorial doivent-ils vivre pendant la durée des convocations ?

Pendant leurs convocations, les réservistes ou les territoriaux doivent vivre en bons camarades avec tous les hommes sous les drapeaux.

Il importe qu'ils reprennent pendant ces quelques jours la vie militaire en entier, sans chercher à se soustraire à aucun service, qu'ils prennent leurs repas à l'ordinaire avec tous les soldats, au nom de l'égalité qui existe au régiment où chacun travaille pour le même but, pour le même idéal : **la défense du pays et la grandeur de la Patrie.**

Les périodes d'exercices sont-elles une source de dépenses pour le réserviste ou le territorial ?

C'est une erreur malheureusement trop répandue que les périodes coûtent cher ; aussi voit-on souvent des hommes venant avec des bourses trop bien garnies. On profite de cette sortie pour faire la fête et pour se livrer à des dépenses exagérées, par conséquent inutiles. C'est un contresens.

La période d'exercices doit être une période de travail, pendant laquelle il faut rester sobre, tout en se donnant le nécessaire selon ses moyens.

Il faut vivre à la caserne de la vie du soldat, c'est le but des appels. D'ailleurs, le plus souvent, l'argent ainsi gaspillé par le réserviste serait plus utile dans sa famille, pendant la durée de son absence nécessitée par l'accomplissement de la période.

Secours aux familles, indemnités, allocations. — *Quelle allocation accorde-t-on à titre de soutien de famille ?*

Les familles des hommes de la réserve et de la territoriale qui, au moment de leur convocation, remplissent effectivement les devoirs de soutien indispensable de famille, peuvent recevoir une allocation fournie par l'État pendant la durée de la période. Cette allocation, fixée à 1^{r}25, sera majorée de 50 centimes pour chaque enfant de moins de seize ans à la charge de l'homme convoqué.

L'homme devra faire, dès qu'il est avisé de sa convocation, une demande écrite au maire, en y joignant :

1° Un relevé des contributions payées par le réclamant ou ses ascendants, certifié par le percepteur ;

2° Un état certifié par le maire indiquant le nombre et la position des membres de la famille vivant sous le même toit ou séparément, le revenu et les ressources de chacun d'eux.

Indemnités relatives aux convocations. — *Quelles sont les indemnités auxquelles ont droit les réservistes et les territoriaux convoqués pour une période d'exercices?*

Pour l'aller, ils ont droit à l'indemnité kilométrique en chemin de fer, partout où existe ce mode de transport et quelle que soit la distance à parcourir.

Lorsque leur arrivée normale (d'après les règles données plus haut) a lieu après *midi*, ils ont droit en outre à l'indemnité journalière spéciale de 1ᶠ 25 par journée de route.

Les réservistes qui arrivent le premier jour, avant *midi*, c'est le cas général, ont droit à la solde le jour de l'arrivée et ils sont nourris par l'ordinaire dès l'arrivée.

Pour le retour, ils ont droit à l'indemnité kilométrique en chemin de fer, comme pour l'aller. Ils ont droit à l'indemnité journalière spéciale de 1ᶠ 25, pour toute journée ou fraction de journée d'une durée de plus de six heures à passer en voyage. L'indemnité n'est pas due pour le jour du départ, si ce jour-là l'homme a pu prendre ses deux repas au corps.

Périodes des hommes à l'étranger. — Les hommes fixés à l'étranger et qui y ont une situation régulière peuvent, sur l'avis du consul de France, être dispensés des manœuvres ou exercices; ils sont considérés comme ajournés jusqu'à leur rentrée en France.

Toutefois, ceux qui résident dans un pays limitrophe de la frontière, peuvent, sur leur demande, être convoqués pour accomplir une période; au commencement de l'année, les commandants de recrutement les avisent que leur classe est normalement convoquée dans l'année.

Quelle est l'indemnité pour les réservistes et territoriaux en résidence à l'étranger ou dans les colonies?

Ceux qui sont convoqués et qui ne possèdent pas de ressources suffisantes sont rapatriés au compte de l'État (S'adresser au consul).

Les hommes qui voyagent simplement à l'étranger, sans y

être fixés, ont droit à l'indemnité calculée d'après leur domicile, comme s'ils ne l'avaient pas quitté.

Dispenses de périodes. — *Quels sont ceux qui sont dispensés des périodes d'instruction?*

1° Sont dispensés de la première période dans la réserve les hommes qui ont accompli *intégralement* et jour pour jour quatre années au moins de service actif ou une période de séjour aux colonies, qui ont séjourné dans la région saharienne, qui ont obtenu la médaille coloniale au titre de l'Algérie, de la Tunisie ou du Sahara, qui ont pris part à des colonnes mentionnées sur les états de service, qui ont séjourné en Chine, en Crète, à Casablanca et qui ont pris part à des opérations sur la frontière algéro-marocaine.

2° Sont dispensés des deux périodes d'exercices de la réserve ceux ayant accompli au moins cinq ans de service.

Quels sont les territoriaux dispensés d'accomplir la période d'exercices de neuf jours?

Sont dispensés de la période de neuf jours d'exercices :
Les sapeurs-pompiers des communes lorsqu'ils sont inscrits depuis au moins cinq ans sur les contrôles des corps de sapeurs-pompiers régulièrement organisés.

Ajournements. Devancements d'appel. Changements de série. — *Peut-on obtenir un ajournement pour reculer la date de la période qu'on doit accomplir ?*

Aux termes de la loi, les militaires des réserves convoqués pour une période ou un exercice spécial ne peuvent obtenir *aucun ajournement*, sauf en cas de force majeure et dûment justifiée ([1]). Les ajournés seront rappelés, pour une période *absolument similaire*, soit l'année suivante, soit

---

([1]) Toute impossibilité d'ordre matériel ou moral, par conséquent tout préjudice grave et dûment justifié, doit être considéré comme rentrant dans le cas de force majeure prévu par la loi.

deux ans après ; dans les corps qui ont des appels échelonnés, on peut les changer de série. En aucun cas, l'ajournement ne peut être accordé deux fois de suite pour la même période.

Dans quelles conditions peut-on obtenir un **devancement d'appel ?**

Des devancements d'appel peuvent être accordés :

1° Pour la même année, aux hommes appartenant à des corps dans lesquels ont lieu des convocations par séries ou par appels échelonnés ;

2° A titre tout à fait exceptionnel, pour une des années précédentes, à la condition d'accomplir une période identique à celle pour laquelle les réservistes ou territoriaux auraient été convoqués, s'ils appartiennent à des corps qui ne font qu'un seul appel.

Demandes qui peuvent être faites : Les hommes des corps dans lesquels ont lieu des appels échelonnés ou par séries, qui doivent être convoqués dans l'année, peuvent, après la pose des affiches, demander directement à leur chef de corps ou de service, à être appelés aux époques de l'année qui conviennent le mieux à leurs intérêts.

On peut encore faire cette demande au moment où on reçoit sa convocation (devancement d'appel ou changement de série).

Les réservistes d'infanterie astreints au premier appel (23 jours), qui estiment que la convocation normale pendant les manœuvres d'automne serait pour eux une cause de *préjudice réellement par trop grave*, doivent remettre à la gendarmerie, avant le 15 juin, une demande motivée et justifiée adressée à leur chef de corps en vue de ne pas être compris dans cette convocation.

Les demandes transmises après le 15 juin ne sont plus examinées, à moins de cas extraordinaires se produisant brusquement.

A titre exceptionnel, les chefs de corps peuvent faire un

appel supplémentaire à la fin de l'année, dans lequel seront convoqués tous ceux qui, ayant des raisons graves et très sérieuses, ont été autorisés à ne pas faire leur période au moment où ils étaient convoqués.

Remise des demandes. — Pour les ajournements, les devancements d'appel et les changements de série, les intéressés remettent leur demande motivée et établie à l'adresse du chef de corps ou de service à la brigade de gendarmerie de leur résidence.

Changement de destination. — *Accorde-t-on des changements de destination pour l'accomplissement des périodes d'exercices ?*

Il ne peut être accordé aucun changement de destination.

Dispositions pénales et punitions disciplinaires. — *Comment est considéré un militaire qui ne répond pas à un ordre de convocation ?*

Tout militaire dans ses foyers rappelé à l'activité, à qui un ordre de route a été régulièrement notifié et qui, hors le cas de force majeure, n'est pas arrivé à sa destination au jour fixé par cet ordre, est considéré comme insoumis et, après un délai de trente jours en temps de paix, est puni des peines portées à l'article 230 du Code de justice militaire ([1]).

Où doit se faire la notification de l'ordre de route ?

La notification est faite à la résidence déclarée et, en cas d'absence, au maire du domicile.

Le délai pour rejoindre en cas de mobilisation est-il le même ?

Non, dans ce cas le délai n'est que de *deux jours*.

Le nom des insoumis est affiché, pendant toute la durée

([1]) Le délai d'insoumission est porté à deux mois, en temps de paix, pour les militaires affectés à des corps de l'intérieur, qui sont fixés en Algérie, Tunisie ou en Europe. Il est de six mois dans tout autre pays.
En temps de guerre, ces délais sont réduits de moitié.

de la mobilisation, dans toutes les communes du canton de leur domicile ; les insoumis qui sont condamnés sont, à l'expiration de leur peine, envoyés dans une compagnie de discipline.

L'ordre de route a-t-il besoin d'être réitéré ?

Non, les hommes qui ne se présentent pas dans les quinze jours après le jour fixé par l'ordre seront considérés comme insoumis et passibles des pénalités de l'insoumission.

Les militaires des réserves ou de la territoriale peuvent-ils assister à des rassemblements en uniforme ?

Le seul fait, pour des hommes inscrits sur le registre matricule du recrutement, de se trouver revêtus d'effets d'uniforme dans un rassemblement tumultueux et contraire à l'ordre public, et d'y demeurer contrairement aux ordres des agents de l'autorité ou de la force publique, les rend passibles des peines édictées à l'article 225 du Code de justice militaire.

Quelles sont les peines disciplinaires qui peuvent être infligées aux hommes dans leurs foyers ?

Étant dans leurs foyers, les militaires appartenant à la réserve peuvent être punis jusqu'à huit jours de prison, ceux de la territoriale ou de la réserve de cette armée jusqu'à quatre jours de prison.

On leur fait subir ces punitions dans les locaux disciplinaires du corps le plus rapproché.

On peut encore leur infliger la rétrogradation ou la cassation, par suite de condamnations ou d'occupations indignes du grade dont est titulaire le réserviste ou territorial.

Dans quels cas les hommes des réserves dans leurs foyers sont-ils passibles de peines disciplinaires ?

Les hommes des réserves dans leurs foyers sont passibles de peines disciplinaires dans les cas ci-après, prévus par la loi du 21 mars 1905 :

1° Lorsque, même n'étant pas présents sous les drapeaux, ils sont revêtus de la tenue militaire et ne se conforment pas aux prescriptions réglementaires sur les marques extérieures de respect (art. 44) ;

2° Lorsque, rappelés à l'activité par voie d'affiches ou par ordres d'appel individuels, ils ne sont pas, hors le cas de force majeure, rendus, le jour fixé, au lieu indiqué par les affiches ou ordres d'appel, ou quand, étant convoqués d'urgence et sans délai, ils ont excédé le temps strictement nécessaire pour se rendre à destination [art. 85] (¹) ;

3° Lorsque, convoqués pour les revues d'appel prescrites pour les hommes de la réserve de l'armée territoriale, ils manquent à ces revues ou y arrivent en retard (art. 85) ;

4° Lorsqu'ils ne présentent pas leur livret individuel aux autorités dans les délais prévus (vingt-quatre heures en cas d'appel pour des exercices ou des manœuvres, huit jours dans tout autre cas) [art. 31 et 85];

5° Quand ils contreviennent aux obligations imposées. par la loi en cas de changement de domicile ou de résidence (art. 45 et 85).

Les réservistes et territoriaux convoqués pour des exercices peuvent-ils être maintenus au corps pour punitions ?

Oui, car les réservistes ou territoriaux sous les drapeaux sont considérés comme les militaires de l'armée active. — Ils sont maintenus au corps un nombre de jours égal au nombre de jours de prison subis, déduction faite des punitions n'excédant pas huit jours.

Les punitions de prison ou de cellule sont faites, non en fin de période, mais au moment où elles sont infligées. Les punis participent, toutefois, à l'instruction de leur unité, pendant l'accomplissement desdites punitions.

______

(¹) Les hommes qui arrivent en retard aux convocations susvisées, seront traités comme des hommes de l'armée active coupables de retard ou de manquement à leur service. Ils peuvent se voir infliger une punition de prison supérieure à huit jours (Circ. 31 mai 1907).

Pour une punition de prison inférieure à huit jours qui ne serait pas achevée en fin de période, l'homme ou le gradé puni serait retenu au corps pour achever sa punition.

Vote des militaires. — *Les militaires peuvent-ils voter ?*

Les militaires et assimilés de tous grades et de toutes armes des armées de terre et de mer ne prennent part à aucun vote quand ils sont présents à leur corps, à leur poste ou dans l'exercice de leurs fonctions.

Ceux qui, au moment de l'élection, se trouvent en résidence libre, en non-activité ou en possession d'un congé dépassant trente jours, peuvent voter dans la commune sur les listes de laquelle ils sont régulièrement inscrits.

CHAPITRE VIII

LA MOBILISATION

Qu'est-ce que la mobilisation ?

La mobilisation est le passage du pied de paix au pied de guerre.

La mobilisation sera-t-elle toujours générale ?

En principe, il est à prévoir que la mobilisation sera générale, c'est-à-dire qu'elle s'appliquera à tout le territoire français ; cependant, elle peut être partielle et ne s'appliquer qu'à un ou plusieurs corps d'armée.

Comment sera annoncée la mobilisation ?

Elle sera annoncée dans toutes les communes de France par voie d'affiches et de publications ; elle sera portée à la connaissance de tous, à son de caisse, à son de cloches et par tous les moyens possibles.

*Les affiches indiqueront la date du jour qui sera
le premier jour de la mobilisation.*

Comment sont décomptés les jours de mobilisation ?

**Les jours de mobilisation se comptent de minuit
à minuit.**

**Si, par exemple, les affiches annoncent que le
premier jour de la mobilisation est le 10 mai, il
s'ensuivra que le deuxième jour sera le 11 mai, le
troisième jour le 12 mai, etc.**

**Les convocations étant toutes faites par jour de
mobilisation, il y a un intérêt capital pour tous de
bien savoir quel est le premier jour de la mobilisation.**

Ainsi, le premier jour de la mobilisation étant le 10 mai,
un homme qui est convoqué pour le troisième jour de la
mobilisation à 18 heures (6 heures du soir) au régiment d'infanterie stationné à Compiègne, devra rejoindre la caserne de
ce régiment à Compiègne le 12 mai à 18 heures.

*Quel est le devoir de chaque homme dans ses foyers soumis
à la loi militaire, dès l'instant de la déclaration de la mobilisation ?*

Dès l'annonce de la mobilisation, l'homme soumis à la loi
militaire devra quitter toute occupation personnelle et habituelle, **consulter à nouveau sur son fascicule l'ordre
de route pour le cas de mobilisation,** s'enquérir exactement du premier jour de la mobilisation et se mettre en
mesure de rejoindre son poste ; c'est l'heure suprême de
l'organisation des forces de la nation.

*Le militaire pourrait-il choisir lui-même le mode de trans-
port qu'il prendra pour arriver à l'heure voulue à son lieu de
convocation ?*

**Non, il importe qu'il emploie le mode de loco-
motion indiqué dans l'ordre de route.** S'il ne doit pas
se servir du chemin de fer, il ne faut pas qu'il compte pouvoir

le prendre ; car on peut lui refuser le transport ou bien le mettre dans un train qui pourrait le transporter à de grandes distances de son lieu de convocation et n'ayant pas les correspondances nécessaires.

Il s'ensuivrait un retard qui pourrait placer le militaire dans le cas de l'insoumission, et le rendre passible des peines édictées pour ce délit en cas de guerre.

Que devrait faire, en cas de mobilisation, un homme absent de son domicile ou de sa résidence ?

Si, accidentellement, un militaire se trouvait absent de son domicile avant d'avoir fait une déclaration régulière de changement ou de voyage, il devra, à l'heure de la mobilisation, s'il ne peut rejoindre dans les délais voulus par les voies ordinaires, se présenter au bureau de recrutement du lieu où il se trouve, ou bien à l'autorité militaire, ou, à défaut, à la gare de chemin de fer la plus proche. On lui donnera des ordres pour rejoindre sur le vu de son livret.

Si, par hasard, cet homme n'avait pas son livret, comment opérerait-il ?

Dans ce cas, l'homme se présenterait à l'autorité militaire locale, ou bien au commissaire de surveillance administrative des chemins de fer, ou, à défaut, au maire. Sur sa déclaration, on lui délivrera une autorisation de départ, indiquant quel train il devra prendre pour rejoindre son lieu de convocation.

Le militaire paie-t-il son parcours en chemin de fer au jour de la mobilisation ?

Non, les hommes porteurs de leur livret individuel ou d'une autorisation de départ seront transportés gratuitement sur les chemins de fer, à la mobilisation.

Que doivent faire les militaires de l'armée active qui se trouveraient dans leurs familles au jour de la mobilisation ?

Les hommes en permission doivent rejoindre immédiatement leurs corps.

Ceux qui sont en convalescence ne sont tenus de rejoindre leurs corps qu'à l'expiration de leur congé.

Quelle indemnité sera payée aux militaires à leur arrivée au corps ?

A leur arrivée au corps, au moment de la mobilisation, les militaires recevront une indemnité unique de 2ᶠ 50.

Si, le jour de l'arrivée, le militaire prend un ou deux repas au corps, le montant de la dépense de ces repas lui sera retenu sur cette indemnité de 2ᶠ 50.

Quelle recommandation doit-on faire au sujet de la chaussure ?

Ainsi qu'on l'a déjà dit à propos des périodes d'exercices, il y a tout intérêt, pour l'homme rejoignant à la mobilisation, de venir avec une bonne paire de chaussures solides et faites au pied.

D'ailleurs, les réservistes et les territoriaux qui apporteront à la mobilisation une paire de chaussures en bon état, remplissant les conditions du brodequin en service, seront remboursés de sa valeur.

Que devrait faire le militaire qui, au moment de la mobilisation, serait empêché de rejoindre par un cas de force majeure ?

Si, exceptionnellement, un militaire, par suite d'un cas de force majeure, ne pouvait partir, il devrait en informer sur-le-champ le maire et la gendarmerie en donnant les raisons.

Des raisons de famille ou de maladie peuvent-elles être présentées ?

Non, ni la maladie de la femme ou des enfants, ni les naissances, ni les décès ne peuvent retarder le départ. Les sociétés locales et les établissements de secours ou les hôpitaux secourront les familles malades ou affligées.

Quelles sont les peines dont sont passibles les militaires dans leurs foyers qui seraient insoumis en cas de mobilisation ?

En cas de mobilisation, les hommes appelés qui, hors le cas de force majeure, n'ont pas rejoint au jour fixé, sont déclarés insoumis après un délai de deux jours. Ils deviennent passibles d'un emprisonnement de deux à cinq ans (art. 230 du Code). A l'expiration de leur peine, ils sont envoyés dans une compagnie de discipline.

En outre, pendant toute la durée de la guerre, le nom des insoumis est affiché dans toutes les communes du canton de leur domicile.

Le condamné pour insoumission ou pour désertion en cas de guerre est, en outre, privé de ses droits électoraux.

Les hommes fixés ou voyageant à l'étranger doivent-ils rejoindre en cas de guerre ?

Oui, tout Français qui est à l'étranger doit, en cas de guerre, rentrer sur le sol de la Patrie et rejoindre son corps d'affectation.

L'homme absent de son domicile a-t-il des délais supplémentaires pour rejoindre ?

Oui, s'il a fait en temps voulu une déclaration soit de voyage, soit de changement de résidence.

Les délais accordés sont calculés d'après la distance à parcourir.

La mobilisation étant d'une extrême importance, quelle devrait être pour tout homme soumis à la loi militaire la façon de s'y préparer ?

Chaque service militaire, chaque régiment, chaque unité dans les corps a son journal de mobilisation.

Un journal de mobilisation est l'indication de toutes les opérations qui doivent se faire dans une unité pour la mobiliser. Tout y est prévu, tout est calculé pour la réalisation parfaite et complète de la mobilisation. Chaque jour on y pense et toujours on y apporte les modifications nécessitées par les circonstances ; on tient à jour d'une façon constante son journal de mobilisation.

Les grandes administrations des chemins de fer, des postes, des télégraphes, des finances, etc., ont aussi leur journal de mobilisation ; c'est une nécessité pour que leur bon fonctionnement puisse être assuré en ce moment suprême.

Pourquoi les maisons de commerce, les usines, les industries diverses n'auraient-elles pas leur journal de mobilisation ? Elles s'épargneraient peut-être bien des difficultés pour l'avenir, tout en aidant à la cause nationale.

Le simple particulier doit aussi avoir son journal de mobilisation. Il doit toujours prévoir son rappel à l'armée. En s'habituant à cette idée, il évitera l'imprévu, son départ sera plus facile et il ne laissera point ses affaires et sa famille dans une situation pénible et embarrassée.

C'est là du vrai patriotisme.

Quel sera l'aspect général de la France au jour de la mobilisation ?

Il est bon de prévoir quelquefois les conséquences d'une mobilisation générale. L'aspect de la France entière sera transformé ; le jour de la mobilisation, toutes les forces vives de la nation se consacreront à la défense du territoire.

Tous les hommes valides rejoindront leurs régiments et leurs postes. Le travail individuel cessera partout, ainsi que celui de la plupart des usines, les écoles seront licenciées, les transports particuliers sur les chemins de fer ne s'effectueront que lorsque l'autorité militaire n'utilisera pas les voies ferrées, les chevaux classés seront conduits aux commissions de réquisition pour les besoins de l'armée, les denrées et les bestiaux seront tout d'abord utilisés pour le ravitaillement des armées ; les enfants, les femmes, les hommes âgés et les vieillards pourvoiront seuls aux travaux nécessaires à assurer leur vie matérielle sur place ; seuls ils feront fonctionner les administrations, les divers commerces et les industries de première nécessité.

Ce sera le grand jour de la lutte pour le pays, ce sera peut-être une question de vie ou de mort pour la nation !

Cette lutte doit être envisagée comme colossale et sérieuse, mais le peuple qui voudra s'y lancer avec la volonté de vaincre, ayant une organisation comme la nôtre, est certain du succès !

A la mobilisation, la grande machine militaire fonctionnera ; cette grande machine est organisée, mais qu'on n'oublie pas que ses principaux rouages sont le cœur, l'énergie et la volonté de tous les Français.

Nos ennemis constateront alors ce que peuvent les Français lorsqu'ils veulent !

Pour vaincre, il ne faut pas seulement des armes et des engins ; il faut surtout des hommes et des cœurs.

CHAPITRE IX

PRATIQUES ET HABITUDES
A CONSERVER DANS SES FOYERS

Discipline. — Le souvenir de la nécessité de la discipline restera certainement gravé dans la mémoire de l'ancien soldat ; l'expérience que donnent les années fortifiera encore ce sentiment. Ce sera donc de sa part de la bienséance et de la déférence pour l'armée nationale de savoir respecter les principes de cette discipline, dans toutes les circonstances où il pourra se trouver mêlé à des militaires.

Le militaire dans ses foyers ne doit jamais, en dehors des convocations ou d'une autorisation spéciale, se revêtir d'effets militaires. Toute infraction à cette règle le rend passible de prison.

Ainsi qu'il est dit plus haut, tout militaire, dès qu'il est rappelé (ou même lorsqu'il est autorisé à revêtir l'uniforme), est soumis à toutes les prescriptions et à tous les règlements militaires.

Le drapeau. — Le drapeau, cet emblème sacré de la Patrie et de la France, a droit à un respect profond et solennel. Ce n'est pas seulement le soldat en activité qui lui doit un culte spécial et des démonstrations de fidélité et de respect : pendant son service, le soldat a augmenté en son cœur l'amour du drapeau qui s'y trouvait déjà enraciné depuis son enfance ; aussi, à son retour dans ses foyers, est-il plus que jamais affermi dans ce culte du drapeau national.

Saluons donc toujours le drapeau ! Chapeau bas sur son passage, c'est l'image de la France, c'est l'espoir, c'est l'avenir ; c'est lui qui fait oublier les mauvais jours et les divisions des partis pour ne laisser éclater que la grandeur du pays.

En se découvrant devant le drapeau, non seulement le militaire dans ses foyers se remémore ce qu'il doit à son pays, mais il donne encore l'exemple du respect et du devoir aux enfants et à la jeunesse qui forment l'espoir de l'armée nationale de la République française.

Aux jours de fêtes nationales, pavoisons nos habitations et nos monuments aux couleurs du drapeau.

C'est un spectacle réconfortant pour le patriote. Mais n'abusons pas du drapeau pour des futilités, ni pour des réclames ; ce serait lui enlever son prestige, ce serait un sacrilège.

Laissons-lui son symbole sacré et ne le confondons pas avec les bannières des cultes religieux et de diverses sociétés.

Sociétés de tir. — On ne saurait trop recommander aux militaires dans leurs foyers de faire partie d'une société de tir ; il en existe heureusement dans de nombreuses localités.

La fréquentation de ces sociétés permet à l'homme de conserver et même d'améliorer l'instruction sur le tir qu'il a acquise au régiment ([1]). L'adresse au tir est une grande qualité

([1]) Tous les prix et diplômes de tir obtenus par les militaires de l'armée active, de la réserve ou de la territoriale, dans les concours organisés par les sociétés de tir reconnues, sont mentionnés sur le livret individuel militaire.

Cette mention sera faite au moment des convocations, sur la production de preuves présentées par les intéressés.

militaire, dont l'importance à la guerre n'est pas à démontrer ; elle donne en outre à l'homme appelé à combattre une confiance bien naturelle et bien réelle.

Dans les régions où ces sociétés de tir n'existent pas, il appartient à l'initiative des anciens soldats et sous-officiers de les créer, et d'établir des sections pour les lieux un peu éloignés. Partout les promoteurs de ces sociétés trouveront des appuis bienveillants et des facilités, que leur accorderont volontiers les pouvoirs publics et l'autorité militaire.

Que le soldat dans ses foyers n'hésite pas, quelle que soit sa situation ; il rencontrera là de bons camarades et il travaillera pour la Patrie, tout en trouvant une récréation virile pour se reposer de ses labeurs habituels.

Sociétés militaires (¹). — **Les Prolonges.** — Depuis quelques années il s'est créé de nombreuses sociétés d'anciens militaires, qui sont, sous divers noms, les prolonges des régiments dans lesquels les sociétaires ont servi pendant leur activité.

Ces sociétés, établies dans le but fort louable de maintenir un lien de camaraderie entre les hommes qui ont servi sous le même drapeau, qui ont porté le même numéro, sont excellentes pour perpétuer le culte de l'armée et de la Patrie.

Elles ont, en outre, pour la plupart, scellé un pacte de mutualité morale et d'appui en cas de malheur entre des gens qui ont passé ensemble leurs jeunes années sous le même drapeau, qui y ont connu les mêmes joies et aussi les mêmes peines.

On ne saurait trop recommander à chacun de faire partie de la société correspondant à son régiment lorsque sa résidence le lui permet.

Gymnastique et marches. — Tout ce qui se rattache au

(¹) Les officiers et les sous-officiers réservistes et territoriaux instructeurs dans les sociétés de préparation au service militaire sont autorisés à revêtir leur uniforme au cours des séances d'instruction (Circ. min. 21 nov. et 24 déc. 1903).

métier militaire, soit pour en acquérir, soit pour en conserver l'aptitude, mérite des encouragements. Le métier militaire exige, surtout en cas de guerre, des hommes vigoureux, robustes, capables d'un grand effort à un moment voulu. A la guerre, il faut marcher, il faut savoir escalader un obstacle pour arriver sur la position convoitée, pour obtenir la victoire.

Il est donc à désirer qu'en France on donne le plus grand développement possible aux sociétés de gymnastique, qui savent nous préparer des hommes robustes et audacieux. Ce ne sont pas seulement les jeunes gens qui doivent en faire partie, mais encore les anciens soldats qui, en y apportant leur savoir, s'y entretiendront vigoureux et lestes.

Beaucoup de situations dans la vie déshabituent nos anciens soldats de la marche. Il est bon de s'imposer parfois des marches, c'est le moyen de faire bonne figure parmi les camarades lorsqu'on est rappelé à l'activité pour une période quelconque.

La gymnastique et la marche sont d'ailleurs des exercices d'hygiène excellents, qui maintiennent le corps solide et robuste. Mieux vaut passer ses loisirs à tirer, à faire de la gymnastique et à marcher que de séjourner dans les cafés ou cabarets.

Sociétés de préparation militaire S. A. G. — A la suite de la loi du 8 avril 1903, qui a déterminé que l'on pourrait nommer brigadiers ou caporaux, après quatre mois de service actif, les jeunes gens qui auront justifié avoir acquis, avant l'incorporation, la pratique de certains exercices susceptibles de faciliter l'instruction militaire, il s'est formé sur tout le territoire français, en Algérie et en Tunisie, des sociétés de préparation militaire qui ont pour but de donner aux jeunes gens qui le désirent cette instruction prévue par la loi du 8 avril 1903 et par l'Instruction ministérielle du 7 novembre 1908.

Par une nouvelle circulaire ministérielle du 12 décembre 1911, on recommande aux corps de troupe de s'attacher particulièrement à l'instruction théorique et pratique relative à la gymnastique et au tir des sous-officiers, caporaux et brigadiers libérables, en vue de former des instructeurs d'entraînement physique et de préparation militaire, dès leur libération, et de rendre des services aux sociétés de préparation militaire S. A. G.

Cette note est un avis pour tous les libérés, surtout pour les gradés, de s'intéresser, dès leur arrivée dans leurs foyers, aux sociétés S. A. G. qui font de la préparation militaire et, au besoin, d'en créer, s'il n'en existe pas chez eux. Ce sera du patriotisme réel.

Relations avec les troupes. — Chacun peut être appelé à rencontrer des troupes en marche ou en manœuvre ; la façon de les traiter, de se comporter avec elles ne doit faire l'objet ni de lois ni de prescriptions ; il suffit de savoir reporter ses souvenirs vers le passé, au temps où soi-même on faisait ces marches et ces manœuvres. On trouvera alors de suite le moyen de faire plaisir au soldat pendant les moments difficiles, de l'aider, de le réconforter et surtout de l'encourager. Tout cela sans gêner ni la manœuvre ni la discipline.

Quel est le soldat qui ne se souvient du plaisir qu'il a éprouvé lorsque, en marche par la forte chaleur, il a trouvé devant une maison du village, au bord de la route, un seau de bonne eau fraîche et saine placé à son intention par une main amie ?

Combien ce quart d'eau puisé en marchant lui a fait de bien ! il l'a peut-être empêché de tomber dans le fossé, il l'a ranimé, il l'a encouragé.

Qui ne se souvient de cette si aimable jeune fille qui, le tablier plein de pommes, les distribuait gaiement aux soldats sur leur passage ? Elle savait faire oublier la fatigue tout en calmant la soif.

La joie du soldat a été encore à son comble le jour où au cantonnement il a trouvé une bonne maison dans laquelle il a été reçu avec des visages riants, pleins de franchise et d'amitié pour le petit troupier. Il s'est trouvé heureux, il s'est bien délassé dans cette maison qui lui a rappelé son foyer et sa famille. Aussi et tout naturellement en signe d'affectueuse confiance, bientôt il avait appelé la maîtresse de cette maison hospitalière : « la petite mère ».

Les ovations que le public fait aux troupes les jours de fête, de revue et de manœuvres ont souvent donné du courage et du cœur pour le dernier effort de la journée ! Elles ont fait oublier la fatigue pour porter haut le numéro du régiment, *de ce régiment qui est monté sur or et qui ne périra jamais.*

Ne ménageons pas nos encouragements à nos vaillantes troupes qui ont conscience de leurs devoirs et qui, elles, ne savent pas ménager leurs peines.

Le guide de la conduite de l'ancien soldat vis-à-vis des troupes ne doit se trouver que dans ses souvenirs et dans son cœur de patriote.

La loi sur les réquisitions au moment des manœuvres n'est qu'une loi agréable et facile à appliquer lorsqu'on aime l'armée et lorsqu'on vénère le drapeau.

Loger le soldat de l'armée nationale, c'est loger son propre enfant, c'est rendre le service qu'on a reçu autrefois et que nos fils recevront plus tard à leur tour.

Donnons à l'armée nationale toute notre confiance, soutenons-la partout et toujours, elle ne fait qu'un avec la France qui lui donne toute sa jeunesse, c'est-à-dire ce qu'elle a de plus cher, de plus généreux, de plus vaillant.

L'armée, par son application au travail, par l'étude, par l'instruction, par la discipline, est devenue pour la République française une garantie du respect qui lui est dû et de la paix qu'elle veut conserver, sans toutefois accepter la moindre humiliation pour son honneur national !

ANNEXE

répondant à la circulaire ministérielle du 27 novembre 1903
pour la vulgarisation dans l'armée des avantages
offerts par la Caisse nationale des Retraites pour la vieillesse
et à la loi du 5 avril 1910
sur les Retraites ouvrières et paysannes

PRÉVOYANCE ET MUTUALITÉ

Les besoins, les exigences de la vie et les vicissitudes de la fortune créent pour chacun l'obligation de connaître et d'utiliser les ressources dont dispose la société actuelle, pour lui faciliter l'existence dans l'avenir.

La solution de ce problème d'avenir pour chacun réside dans la prévoyance par l'épargne et par la mutualité.

Dans sa circulaire du 27 novembre 1903, le ministre de la guerre s'exprime ainsi :

« Le gouvernement de la République s'attache à vulgariser, par tous les moyens en son pouvoir, les idées de mutualité et de prévoyance.

« Il paraît, dès lors, utile d'indiquer aux militaires de tous grades, et particulièrement aux jeunes gens qui, après avoir accompli leur service militaire, sont sur le point d'être rendus à la vie civile, les facilités que l'État met à leur disposition en vue de leur permettre de se constituer une retraite pour leurs vieux jours. »

Le Parlement a voté la loi du 5 avril 1910, modifiée le 27 février 1912, sur les retraites ouvrières et paysannes.

L'Épargne

L'*épargne* est l'action par laquelle on économise une certaine quantité du produit de son travail journalier, pour l'utiliser plus tard, à un moment voulu.

L'épargne est un devoir pour quiconque n'est pas très riche.

Aujourd'hui l'épargne simple consiste à déposer à toute époque, dans des caisses d'épargne administrées par l'État, par les départements, par les communes ou par des sociétés, des sommes minimes, qui rapportent intérêt et qui peuvent être retirées à volonté.

Malheureusement cette dernière disposition est trop souvent mise en pratique par les déposants, qui ne savent pas attendre le moment urgent, l'heure critique de la vie, pour retirer leur argent. En quelques achats ou quelques dépenses, qu'ils considèrent comme utiles, ils détruisent et gaspillent le produit de leur épargne, qu'ils avaient soigneusement accumulé, et, au jour réel du besoin, les économies n'existeront plus.

Il importe donc, avant de se décider à retirer ses économies, de bien réfléchir aux mauvais jours de la vie, aux maladies toujours probables et à la vieillesse pendant laquelle le travail devient impossible. Souvent on fera bien de prendre, à ce sujet, l'avis et les conseils prudents d'une personne sérieuse amie.

La Mutualité

La *mutualité* est l'organisation d'un groupe de personnes qui, en unissant leurs économies, leurs efforts ou leur travail, bénéficient non seulement de leurs propres économies, mais encore de la puissance que la réunion des capitaux et du travail procure au groupe entier.

Les mutualistes ont pour principe : *l'égalité de leurs devoirs et de leurs droits.*

La mutualité est en parfaite concordance avec les principes de l'ordre social. Son action produit les effets suivants :

1° Elle affermit le lien de la famille ;

2° Elle répand dans la société les sentiments de la solidarité humaine ;

3° Elle contribue à créer la propriété individuelle par la prévoyance ;

4° Elle crée la confiance, qui, unie à la bonté sociale, atténuera de plus en plus la différence entre les classes de la société.

L'instruction a émancipé les hommes, elle leur a ouvert les horizons de l'égalité sociale, mais elle démontre journellement que *l'inégalité des conditions humaines ne sera jamais supprimée*.

En principe, les hommes naissent égaux, mais cette matière insaisissable, qui est *l'intelligence,* est inégalement répartie entre les êtres humains.

C'est cette intelligence qui, jointe aux variations de la puissance du travail, chez les individus, à la régularité dans la vie et à la volonté de chacun, destine les hommes à occuper des rangs différents dans l'échelle sociale.

La situation matérielle des hommes est et sera toujours différente. La mutualité a pour but de chercher à faire disparaître cette inégalité, surtout pour les humbles et les déshérités, et de leur faciliter les moyens de vivre avec un minimum de bien-être nécessaire que l'humanité n'a pas le droit de laisser s'abaisser, surtout pour les infirmes et les vieillards.

Ceux que le sort favorise soit dans leurs entreprises, soit parce qu'ils ont bénéficié d'une fortune acquise par leurs ancêtres, soit parce qu'ils ont été favorisés d'un état humanitaire meilleur, ceux-là ont une dette sociale vis-à-vis de la masse de la nation. La mutualité leur offre les moyens de s'acquitter de cette dette, en y coopérant soit comme membre honoraire, soit comme membre actif.

Les sociétés de secours mutuels ont été créées par la loi

organique du 26 mars 1852. Mais jusqu'à 1898 elles ont vécu péniblement entre les limites étroites de cette loi.

La loi du 1ᵉʳ avril 1898, conçue dans un esprit libéral, a donné un essor nouveau à leur développement.

Les sociétés de secours mutuels sont classées en trois catégories distinctes :

1° Les sociétés libres ;

2° Les sociétés approuvées ;

3° Les sociétés reconnues comme établissements d'utilité publique.

Les sociétés libres n'ont droit qu'à une personnalité civile limitée, et elles ont seulement la faculté de recevoir des dons et legs mobiliers. Les sociétés approuvées ont droit à la possession immobilière jusqu'à concurrence des trois quarts de leur avoir et jouissent en outre de prérogatives spéciales. Elles peuvent notamment recevoir certaines subventions de l'État qui leur permettent d'améliorer leur situation ; tous les fonds déposés par elles à la Caisse des dépôts et consignations bénéficient d'un intérêt de faveur de 4,50 % ; les communes doivent enfin leur donner les locaux nécessaires à leurs réunions, ainsi que les livrets et registres nécessaires à leur comptabilité. La reconnaissance d'utilité publique ne confère aux sociétés que le seul avantage supplémentaire de pouvoir placer en immeubles la totalité de leur avoir au lieu des trois quarts.

La loi a autorisé ces associations, réparties sur le territoire de toute la France, à former des groupements et des unions dont le but principal est de faciliter l'inscription à une nouvelle association des membres qui changent de résidence.

Enfin, par la création d'une Fédération nationale de la mutualité française, on a donné à ce magnifique sentiment de la mutualité humaine une force, une direction et une vie qui sont pour elle une garantie de la prospérité.

La mutualité opère sous différentes formes, suivant le but qu'elle poursuit. On la trouve dans les sociétés coopératives d'alimentation, dans les syndicats des différentes corporations, dans les sociétés de secours mutuels ou associations de prévoyance qui se proposent d'atteindre un ou plusieurs des buts suivants :

Assurer à leurs membres participants et à leurs familles des secours en cas de maladie, blessures ou infirmités ;

Leur constituer des pensions de retraite ;

Contracter à leur profit des assurances individuelles ou collectives en cas de vie, de décès ou d'accidents ;

Pourvoir aux frais des funérailles et allouer des secours aux ascendants, aux veufs, veuves ou orphelins des membres participants décédés.

L'épargne et la mutualité sont l'une et l'autre l'œuvre de la prévoyance.

La prévoyance dès le jeune âge est le meilleur moyen, pour les déshérités de la fortune, de se procurer la sécurité dans le travail. Elle fait grandir dans l'esprit des jeunes gens l'idée de l'épargne, et dès qu'ils deviennent capables de gagner leur vie, ils savent mettre de côté, sur leur salaire, la modique part destinée à les garantir des vicissitudes qu'entraînent la maladie, les infirmités ou la vieillesse. Elle les prépare au rôle qu'ils sont appelés à remplir dans la mutualité.

La prévoyance élève le jeune homme dans la dignité et en fait plus tard un homme indépendant, c'est-à-dire qui ne devra qu'à lui-même, qu'à la méthode d'économie à laquelle on l'aura habitué, de pouvoir traverser, sans recourir à la charité, les mauvais jours de son existence.

Malgré la force et la santé dont on jouit, il ne faut pas rester indifférent aux bienfaits de la prévoyance. L'appui de la mutualité ne leur semblant pas immédiatement indispensable, beaucoup de personnes n'en considèrent seulement que les charges, pourtant bien légères, sans vouloir en apprécier les avantages au point de vue de la retraite.

Les institutions de la mutualité se propagent heureusement partout en France ; nous conseillons au jeune homme de s'y intéresser, dès sa sortie du régiment, dans son intérêt s'il n'est pas riche, et dans l'intérêt de ses semblables s'il se trouve dans une position très aisée.

Les sociétés de secours mutuels peuvent constituer des retraites à leurs membres. Mais, d'après la loi, les sociétaires ne peuvent bénéficier de ces pensions ou retraites qu'à partir de l'âge de cinquante ans et après avoir acquitté la cotisation sociale pendant quinze années au moins.

Les retraites sont établies de deux façons, soit sur le fonds commun, soit sur le livret individuel.

Dans le premier cas, fonds commun, elles sont à capital réservé au profit de la société et servies, soit directement par elle, à l'aide des intérêts de ce fonds, soit par l'intermédiaire de la Caisse nationale des retraites.

Dans le second cas, livret individuel, ces pensions sont constituées au moyen de versements effectués par la société, au compte de chacun des membres participants, à la Caisse nationale des retraites pour la vieillesse ou à une caisse autonome.

Selon la stipulation des statuts, ces versements sont effectués à capital aliéné ou à capital réservé.

Une réglementation particulière règle les conditions dans lesquelles les sociétés ou les unions peuvent servir les pensions de retraite, ou réaliser l'assurance en cas de vie, de décès ou d'accident.

La préoccupation du législateur en facilitant, par un taux d'intérêt supérieur et par des subventions de l'État régulièrement réparties, la constitution des pensions de retraite, a eu pour unique but de favoriser la modeste épargne du travailleur prévoyant.

C'est dans cette pensée qu'a été déterminée une limite à ces pensions qui ne peuvent être supérieures annuellement à 360 francs et les capitaux assurés en cas de vie ou de décès supérieurs à 3.000 francs.

Une des organisations qui mérite le plus d'être recommandée est celle des *caisses de retraites*. Quoi, en effet, de plus précieux que la sécurité de toucher à un âge déterminé, à cinquante ans par exemple, une retraite? Et cela sans travail spécial, par le seul fait de ses économies et de son épargne.

Toute somme déposée à l'une de ces caisses ne sera plus jamais gaspillée; elle contribuera à former une rente pour l'avenir. On peut dans ce but faire des versements à partir de l'âge de trois ans, mais c'est surtout à partir du jour où l'homme s'est fait une position dans la vie qu'il doit verser pour lui-même : c'est ordinairement au moment de sa sortie du régiment.

La loi a créé la *Caisse nationale des retraites,* qui est actuellement régie par la loi du 30 juillet 1886 et le décret du 28 décembre 1886.

La *Caisse nationale des retraites* est instituée pour recueillir et faire fructifier, *par l'accumulation des intérêts,* l'épargne réalisée par le déposant en vue de s'assurer *une pension de retraite* pour ses vieux jours.

Son but étant de favoriser l'épargne populaire, elle reçoit, dans toute la France et en Algérie, *les plus modestes économies.*

Elle permet :

A l'ouvrier, de s'assurer une retraite par les plus petites épargnes capitalisées;

Au père de famille, par un léger sacrifice, de mettre ses enfants à l'abri du besoin pour la fin de leur carrière ;

Aux communes, comices agricoles, caisses scolaires, aux particuliers bienfaisants, aux chefs d'industrie, par la distribution de livrets à titre de récompense, de répandre les habitudes d'ordre et d'économie et les idées de prévoyance.

Avantages et garanties

La Caisse nationale est gérée par la Caisse des dépôts et consignations sous la *garantie de l'État* et le *contrôle d'une commission supérieure* formée auprès du ministère du commerce.

Elle ne cherche aucun bénéfice. Les rentes qu'elle délivre représentent ainsi *intégralement* ce que les fonds déposés ont produit par l'accumulation des intérêts combinés avec les chances de mortalité. Le tarif d'après lequel elles sont calculées est fixé chaque année par décret du *président de la République.*

La caisse est obligée de *faire emploi de tous ses fonds* en rentes ou valeurs de l'État français, en obligations de chemins de fer ou en obligations départementales et communales. Son portefeuille, toujours facilement réalisable, représente donc un *capital équivalant* au montant de ses engagements.

Les rentes viagères jouissent de la même *sécurité* que les rentes sur l'État.

Conditions des versements

Les versements peuvent être effectués en France, en Algérie et dans les colonies soumises au régime monétaire métropolitain au profit de toute personne française, ou étrangère (cette dernière doit justifier de sa résidence en France, en Algérie ou dans les colonies), et *âgée de trois ans* au moins : soit par le *titulaire* lui-même, soit par un *donateur,* soit par un *mandataire verbal* ou par un *intermédiaire* pour le compte du titulaire ou du donateur.

Le maximum des versements opérés pour un même compte pendant une année, du 1ᵉʳ janvier au 31 décembre, est de *500 francs* (L. 26 juill. 1893, art. 64). Le minimum de chaque versement est de *1 franc.*

Les déposants aux caisses d'épargne peuvent demander que la totalité ou une partie de leurs fonds soit transférée *sans frais* à la Caisse des retraites, dans la limite du maximum annuel susvisé.

La seule pièce à produire à l'appui du premier versement est un extrait de l'acte de naissance du nouveau titulaire. Cet extrait est délivré *sans frais,* et, comme toutes les autres pièces exclusivement relatives à la Caisse nationale des retraites, il est établi *sur papier libre.*

Celui qui opère un versement a la faculté ou d'*aliéner* le capital, c'est-à-dire de l'abandonner à la Caisse nationale des retraites en échange d'une *augmentation de la rente,* ou de *réserver* le capital au décès du rentier, et, dans ce cas, le capital est *remboursé* soit aux ayants droit de ce dernier, soit au donateur ou à ses ayants droit.

Tout capital réservé peut être abandonné ultérieurement *en vue d'augmenter* la rente primitive.

L'entrée en jouissance de la pension est fixée, au choix du déposant, à partir de chaque année d'âge accomplie *de cinquante ans à soixante ans.*

Le déposant est toujours libre de déclarer qu'il soumet ses nouveaux versements à des conditions autres que celles qui régissaient les versements antérieurs.

Les versements sont constatés sur un *livret individuel* délivré *gratuitement* au nom du futur rentier. Ils sont facultatifs.

Des versements successifs peuvent être effectués ; ils sont *interrompus ou continués* au gré des parties intéressées. *Commencés* dans un lieu, ils peuvent être *continués* dans un autre.

Rentes viagères

Les rentes auxquelles donne droit chaque versement, à l'âge fixé au moment du versement, sont inscrites sur le livret individuel.

Le maximum de la rente totale inscrite sur une tête est de *1.200 francs.*

Les rentes sont *incessibles et insaisissables* jusqu'à concurrence de 360 francs. En cas de donation, elles peuvent être déclarées incessibles et insaisissables en totalité.

Tout déposant réduit à l'incapacité absolue de travailler est mis en possession, avant l'âge d'entrée en jouissance, d'une rente proportionnelle à son âge et à ses versements. Cette pension peut être bonifiée par une subvention de l'État.

A l'époque fixée par le déposant, le droit à la pension est constaté par la remise d'une *inscription de rente viagère*.

Les arrérages en sont payables chaque trimestre à la Caisse des dépôts et consignations ; dans toute la France, chez les receveurs des finances et percepteurs et, en Algérie, chez les trésoriers-payeurs et les payeurs particuliers.

Remboursement du capital

Les remboursements de versements *à capital réservé* sont effectués *sans délai*, après le décès du titulaire, soit aux héritiers ou *ayants droit du titulaire*, soit au *donateur* ou à ses ayants droit.

Exemples de divers modes de constitution de retraites par des jeunes gens à l'époque où finit le service militaire

1° LE CAPITAL EST ALIÉNÉ

I. — Lorsque, à partir de vingt-deux ans, on verse *5 fr. par mois*, on se constitue une retraite annuelle de :

245 fr. à	50 ans.
385 fr. à	55 —
623 fr. à	60 —

II. — Lorsque, à partir de vingt-deux ans, on verse *10 fr. par mois*, on se constitue une retraite annuelle de :

490 fr. à	50 ans.
770 fr. à	55 —

III. — Lorsque, à partir de vingt-deux ans, on verse *24ᶠ50 par mois* [*un mois 25 fr. et un mois 24 fr.* (¹)], on se constitue une retraite de :

$$\text{1.200 fr. à . . . . 50 ans.}$$

IV. — Lorsque, à partir de vingt-deux ans, on verse *9ᶠ50 par mois* [*un mois 10 fr. et un mois 9 fr.* (¹)], on se constitue une retraite de :

$$\text{1.200 fr. à . . . . 60 ans.}$$

V. — Lorsque, à vingt-deux ans, on verse *500 fr.* et l'année suivante, à vingt-trois ans, encore *500 fr.*, soit *1.000 fr. (une fois pour toutes)*, on se constitue une retraite de :

235 fr. à	50 ans.
343 fr. à	55 —
528 fr. à	60 —

2° LE CAPITAL EST RÉSERVÉ

(C'est-à-dire qu'en cas de décès du déposant, les sommes versées sont remboursées intégralement aux héritiers)

I. — Lorsque, à partir de vingt-deux ans, on verse *5 fr. par mois,* on se constitue une retraite annuelle de :

158 fr. à	50 ans.
243 fr. à	55 —
386 fr. à	60 —

II. — Lorsque, à partir de vingt-deux ans, on verse *10 fr. par mois,* on se constitue une retraite de :

316 fr. à	50 ans.
486 fr. à	55 —
772 fr. à	60 —

III. — Lorsque, à partir de vingt-deux ans, on verse *38 fr. par mois,* on se constitue une retraite de :

$$\text{1.200 fr. à . . . . 50 ans.}$$

(¹) Chaque versement ne doit pas comprendre de fractions de franc.

IV. — Lorsque, à partir de vingt-deux ans, on verse 9f50 *par mois* (*soit 10 fr. un mois et 9 fr. le second mois*), on se constitue une retraite de :

1.200 fr. à . . . . . .   60 ans.

V. — Lorsque, à vingt-deux ans, on verse *500 fr.*, et l'année suivante, à vingt-trois ans, encore *500 fr.*, *soit 1.000 fr.* (*une fois pour toutes*), on se constitue une retraite de :

169 fr. à . . . .   50 ans.
245 fr. à . . . .   55 —
378 fr. à . . . .   60 —

VI. — Si on verse *500 fr.* pour un enfant âgé de trois ans, et encore *500 fr.* l'année suivante, lorsqu'il a quatre ans, on a constitué à cet enfant, avec *1.000 fr.*, une retraite annuelle de (*avec capital réservé en cas de décès*) :

403 fr. à . . . .   50 ans.
588 fr. à . . . .   55 —
903 fr. à . . . .   60 —

Loi sur les Retraites ouvrières et paysannes du 5 avril 1910, modifiée le 27 février 1912.

Le Parlement a voté une loi remarquable sur les retraites ouvrières et paysannes.

Le but de cette loi est d'assurer obligatoirement aux travailleurs une retraite de vieillesse par :

Des versements obligatoires des patrons ;

Des versements obligatoires des travailleurs ;

Des allocations viagères et des bonifications de l'État.

Les versements annuels sont de 9 francs pour les hommes, 6 francs pour les femmes et 4f50 pour les mineurs au-dessous de dix-huit ans, soit, par journée de travail, 3 centimes, 2 centimes, et 1 centime 1/2.

Les versements des salariés sont prélevés sur le salaire par l'employeur lors de chaque paie.

Le montant total du prélèvement et de la contribution patronale est représenté par un timbre mobile que l'employeur doit apposer sur la carte de l'assuré.

L'allocation viagère de l'État est fixée à 100 francs à l'âge de soixante ans. Elle sera augmentée d'une bonification d'un dixième pour tout assuré de l'un ou de l'autre sexe ayant élevé au moins 3 enfants jusqu'à l'âge de seize ans.

L'âge normal de la retraite est de soixante ans. Tout assuré aura la faculté d'en ajourner la liquidation jusqu'à l'âge de soixante-cinq ans.

Si un assuré, encore astreint aux obligations de la présente loi, décède avant d'être pourvu d'une pension de retraite de vieillesse, il est alloué :

1° A ses enfants âgés de moins de seize ans : une somme de 50 francs par mois pendant six mois, s'ils sont au nombre de trois ou plus ; 50 francs par mois pendant cinq mois, s'ils sont au nombre de deux ; 50 francs par mois pendant quatre mois, s'il n'y en a qu'un seul.

2° A la veuve sans enfants de moins de seize ans : 50 francs par mois pendant trois mois.

L'intérêt de tout ouvrier ou cultivateur est de réclamer son admission aux avantages de cette loi, dès sa rentrée dans la vie civile. C'est son avantage et celui de sa famille. C'est une assurance pour l'avenir.

Il n'a qu'à s'adresser à sa mairie pour cela.

TABLE DES MATIÈRES

CHAPITRE V

Livret individuel et fascicule de mobilisation

CHAPITRE VI

Changements de résidence et de domicile
Déplacements, voyages

CHAPITRE VII

Convocations et appels en temps de paix

CHAPITRE VIII

La mobilisation

CHAPITRE IX

Pratiques et habitudes à conserver dans ses foyers

ANNEXE

Prévoyance et mutualité 71

NANCY-PARIS, IMPRIMERIE BERGER-LEVRAULT

www.ingramcontent.com/pod-product-compliance
Ingram Content Group UK Ltd.
Pitfield, Milton Keynes, MK11 3LW, UK
UKHW031831170726
13836UKWH00004B/1610